高校受験の後
よかったら使って
パタン
優しい誰かがハンカチを貸してくれた
…あったかい
いつか
あの人に
るといいな
そしてあたしは今日
亡くなった大好きなお兄ちゃんの思いを胸に
憧れの高校に入学する

お願い
付き合って!
うん
いいよ
バスケ部の先輩に
練習見に来てって
言われたの
出会ったのは
バスケのフォームが
綺麗な君
こいつは
久我
凜太朗
この人
体育館で
見た……
……どーも
始めは少し無愛想
だったけれど

本当はとても優しい人で
あたしのお兄ちゃん…ね
病気で亡くなったの
そんな大切な事話してくれてありがとう
あたしの大きな悲しみさえもすっぽりと包み込んでくれた
それ俺
……え?
美紗にハンカチ渡したの
俺
久我くんてほんとに優しいね
君の優しさを知っていくたび
美紗だからだよ
心が音を立ててるんだ

大切に持っていたハンカチ
持ち主は君だったんだね
え…
これ…
H.N
お兄ちゃんの…？
どうしてこれを……？
久我君
一体どんな秘密を抱えているの……？

野いちご文庫

君が泣いたら、俺が守ってあげるから。

ゆいっと

STARTS
スターツ出版株式会社

初めて会ったときから
どうしようもなく
懐《なつ》かしかったのは
きっと、きみの手が
優しくて
温かかったからなんだ

「泣きたいなら我慢《がまん》すんなよ」
「俺《おれ》の前では、ほんとのお前を見せていいよ」
「美紗《みさ》のことは、俺が守る」

前へ進める勇気をくれたのは
きみ、でした――

Contents

chapter one

chapter two

chapter three

chapter four

Characters

永《なが》井《い》 美《み》紗《さ》

Misa Nagai

大好きだった兄を病気で亡くし、
心に悲しみを抱えている。
桜園高校に入学したばかり。

田《た》中《なか》 伊《い》織《おり》

Iori Tanaka

優しくて明るい、
美紗の大切な友達。
裏表がなくさっぱりとしている。

水瀬《みなせ》 蒼《あお》

Ao Minase

亡くなった兄・遥輝の親友で、
同じく桜園高校に通う。
美紗にとって憧れの初恋相手。

新田《にった》 陽菜《ひな》

Hina Nitta

桜園高校の先輩で、
兄・遥輝がずっと好きだった人。
頑張り屋で素直。

久我《くが》 凜太朗《りんたろう》

Rintaro Kuga

バスケが上手くてイケメンな、
美紗のクラスメイト。
クールに見えるけど美紗には優しい。

Chapter one

雪の日の温もり

朝起きたら、頬が涙で濡《ぬ》れていた。

「おはよう」

制服に着替《きが》えて一階に下りると、すでに身支度を整えた家族がリビングに集まっていた。

「おはよう、美紗《みさ》」

キッチンで忙《せわ》しなく動くお母さんは、専業主婦。

新聞を読みながらコーヒーをすするお父さんは、会社員。

お父さんのお弁当を包んでいるお姉ちゃんは、大学生。

みんなのそばをちょこちょこ走りまわっているのは、愛犬の〝マロ〟。

いつもと変わらない光景。

「今日は午後から雪が降るかもしれないから、傘《かさ》忘れないようにね。それから予備の靴下《くつした》とタオルも」

「うん、ありがとう」

お姉ちゃんの忠告に、あたしはうなずいた。

雪予報は昨日から出ていた。

折りたたみ傘はカバンにもう入れてある。

「足《あし》もとに気をつけるんだぞ。滑《すべ》って転ばないように」

お父さんが、新聞から目を離して顔を上げた。

「うん――」

「お父さんっ！」

あたしが返事をしかけると、お母さんが慌《あわ》てたように口を挟《はさ》んだ。

その瞬間《しゅんかん》、お父さんがなにかを思い出したように目を見開く。

「あ、ごめん！」

……今日はあたしの高校受験の日。

〝滑る〟とか〝転ぶ〟って、受験生にはふつう禁句だよね。

「大丈夫《だいじょうぶ》だよ。そういうの気にしないもん」

必死で謝るお父さんに、あたしは笑顔で言った。

受かるときは受かるし、落ちるときは落ちるんだから。

「ははは、ならよかった」

お父さんも安心したように笑う。

それから、お母さんが用意してくれた朝食を食べた。

ゆっくり家族と会話する暇《ひま》もなく、あっという間に家を出る時間になる。

「いつも通り落ち着いてやれば大丈夫。美紗の実力なら、きっと大丈夫よ」

お母さんが、優しく抱《だ》きしめてくれた。

「ここまでがんばってきたんだから、自分を信じてね」

「そうだぞ。がんばり屋の美紗だもんな」

お姉ちゃんもお父さんも。

「うん、ありがとう。がんばってくるね！」

みんなの応援《おうえん》を受けて、気合を注入するように胸もとにこぶしを作る。

そして。

「お兄ちゃん、行ってきます」

写真の中の笑顔にそう告げ、家を出た。


「はーっ、寒いっ……」

家族に見送られて、受験会場の桜園《さくらぞの》高校へ向かうあたしは、永井《ながい》美紗十五歳《さい》。

凍てつく寒さが肌《はだ》を突《つ》き刺《さ》す一月。

しっかり巻いた長めのマフラーから口を少し出して呼吸すると、白い息が舞《ま》う。

空は灰色。予報通り、雪が舞ってきそうな空だ。

今から受験しに行く桜園高校は、第一志望校。

この高校に入るために、中学に入ったころからしっかり準備をしてきた。

成績もクラスで常に三番以内をキープして、A判定をもらった。

完ぺきだったはず、なのに。

……今から一カ月半前に、最愛のお兄ちゃんが病気で亡くなってしまった。

骨肉腫《こつにくしゅ》というまれなガンで、比較的《ひかくてき》若い男の人の発症《はっしょう》割合が高い病気だった。

中学二年の夏ごろから、手術、再発、転移を繰《く》り返した。

最終的には余命宣告をされ、二年半の闘病《とうびょう》生活ののち、十六歳という若さでこの世を去った。

一歳ちがいのあたしたちはとても仲がよくて、小さいころから、あたしはいつもお兄ちゃんの後をくっついて回っていた。

スポーツ万能で、成績優秀《ゆうしゅう》で、人に優しくて……。

大好きで、自慢のお兄ちゃんだった。

周りは受験勉強の追いこみの真っただ中だったけど、勉強なんて到底《とうてい》手につかなくて毎日毎日泣いて過ごした。

頭のよかったお兄ちゃんは、あたしが桜園高校を受験すると宣言したら、病室で勉強を教えてくれることもあった。

……お兄ちゃんは、病気のせいで受験すらできなかったのに。

だから、合格できなかったらお兄ちゃんに申し訳ないという気持ちで自分を奮い立たせ、今日までの一週間はなんとか最後の追いこみをがんばった。

桜園高校を志望した理由はふたつ。

心に秘めたある理由と、もうひとつは、お兄ちゃんがずっと目指していた高校だったから。

それこそ、小学生のころからよく聞かされていた高校名だったから、いつしかあたしにとってもあこがれの高校になっていた。

だから進路を決めるとき、迷《まよ》わず桜園高校を志望校にした。

お兄ちゃん見ててね。あたし、がんばるから……。


「永井さん、どうだった?」

同じ中学から一緒《いっしょ》に受験した女の子が、後ろの席から声をかけてくる。

「まあまあ……かな」

あたしは、苦笑いしながら答えた。

たった今、学科試験すべてが終わった。

過去問でレベルの高さは覚悟《かくご》していたけど、なかなか難しかった。

「お互《たが》いに受かってるといいね」

彼女《かのじょ》は滑り止めでの受験だからか、浮《う》かべる笑みにも余裕《よゆう》が見える。

「うん」

……精いっぱいやったけど、どうだろう。

内心不安でたまらない。

「じゃあ……帰ろっか？」

席を立ってリュックを背負った彼女に、あたしは顔の前で両手を合わせて言った。

「……ごめんね。先に帰ってもらってもいい？」

「あ、うん。じゃあまた明日学校で。ばいばい」

「うん、ばいばい」

誘《さそ》いを断ったあたしにイヤな顔ひとつ見せずに、彼女は優しく笑い、手を振《ふ》って教室を出ていった。

もう少しだけ、ここにいたかったんだ。

ばらばらと受験生が教室を出ていく。

しばらくするとあたしひとりになって、にぎやかだった廊下も静かになった。

聞こえるのは、カチカチ……という時計の音だけ。
「はぁ……」
椅子《いす》の背に背中をつけた瞬間、ふっと力が抜《ぬ》けた。
終わった。
やっと終わったんだ。
お兄ちゃん、見ててくれた？　あたし、がんばったよ……？
「うっ……」
思わず涙が込みあげる。
ここ最近は、勉強することで悲しさを紛《まぎ》らわせていた。
泣いていたのは、夢の中でだけ。
朝起きると、頬が涙で濡れていることがよくあった。今朝もそう。
でも受験が終わった今、気がゆるんで、あふれだした涙がとめどなく流れる。
『泣き虫だな、美紗は』
男の子に泣かされて帰ってきたとき。
転んでケガをして泣いていたとき。
ピアノの発表会で失敗して、悔《くや》しくて泣いていたとき。
『ほら、顔上げてごらん』

いつだって、お兄ちゃんがあたしの涙を拭《ふ》いてくれた。
なのに。
あたしの涙を拭いてくれるお兄ちゃんは、もういない。
「うっ……ううっ……」
もう一度、会いたいよ。
ねえ、お兄ちゃん……。どうして、どうしてっ……。
どうにもならない感情が胸の中で渦《うず》巻いて、叫《さけ》びだしたくなる。
そのときだった。
――ガタンッ。
誰《だれ》もいないはずの教室から大きな音が聞こえ、ビクッと肩《かた》を揺《ゆ》らした。
なに……？
顔を上げると、にじんだ視界に人影《ひとかげ》が見えた。
「あ……ごめん」
聞こえてきたのは、男の子の声。
「忘れ物して……」
どうやら、同じ教室で受験をしていた人みたい。
彼《かれ》は机の中から取り出した忘れ物をカバンに入れると、なぜかこっちに向かってくる。

そして、あたしの目の前でピタリと足をとめた。

……え。

「大……丈夫……?」

かけられた声にとまどう。

こんなところでひとりで泣いていたから、気になったのかも。

「……ひっく……」

答えるつもりなんてなかったのに、まるで返事をするかのようにおえつが漏《も》れてしまった。

「よかったら、これ使って」

すると彼は優しく言って、なにかを机の上に置《お》いた。

「それから……」

黙《だま》ったまま顔を上げると、彼は窓を指さしていた。

「雪、降ってきたよ」

引きよせられるように窓の外を見ると、三階の窓から広がる景色はさえぎるものもなく、一面灰色の空からまっ白な雪がはらはらと舞い降りていた。

ゆっくり、ゆっくりと。

今年初めての雪。

まばたきを繰り返し、クリアになった視界にそれを焼きつける。

すべての感情を消してくれるような、白。

美しさと儚《はかな》さを持ちあわせたその光景は、不思議と心を浄化《じょうか》していくようだった。

あたしのくすぶった心を、まっ白に染めていくように……。

「雪が強くなる前に帰った方がいいよ」

ハッとして顔を戻《もど》すと、彼はもう教室を出ていくところで、学ランの後ろ姿が目に飛びこむ。

「あ……」

そして、すぐにあたしの視界から消えた。

行っちゃった……。

視線を落とすと、そこに残されていたのは、スポーツブランドのロゴがプリントされた青いハンカチ。

「あ、どうしよう……」

使って……って。

名前も顔もわからないし、返せないのに。

とまどいながらも手に取ると、やわらかな感触《かんしょく》が指先を包んだ。

どうしてだろう。

無性に懐かしさを覚えて……胸が震《ふる》えた。

自分のハンカチを持っていなかったわけじゃないけど、気づけばそれを濡れた頬にのせていた。

「あったかい……」

無意識に、言葉がこぼれる。

その温かさは、まるでお兄ちゃんが涙をぬぐってくれているようだった。

動きだした初恋

春の訪れを告げるように、木々が芽吹《めぶ》いて、薄紅色《うすべにいろ》の桜の花が華麗《かれい》に舞い散るころ、あたしは晴れて高校生になった。

毎年、咲《さ》いては散り……を繰り返す桜の木。

今ではすでに花は散り、新緑が目に眩しい。生命力の強さを分けてもらうようにそれをしっかり目に映し、今日も学校へ向かう。


「美紗、お願いっ」

学校に着くなりあたしの目の前で手を合わせて拝むのは、クラスメイトの田中伊織《たなかいおり》ちゃん。

艶《つや》のある黒髪《くろかみ》、パッチリ二重に高い鼻、そして小さい口。

おまけにスタイル抜群《ばつぐん》で、芸能人のように美少女なのに裏表がなくさっぱりした性格の伊織ちゃんは、高校に入ってできた友達。

あたしは受験に無事合格し、二週間前、桜園高校に入学した。

でもお兄ちゃんを失った傷が癒《い》えなくて、毎日電車に乗って高校へ通う……という、なんの変哲《へんてつ》もない日常を繰り返すことでさえ大変だった。

高校生活を楽しむ気にはなれず、入学早々ぽつんとしていたあたし。

そもそも、友達の作り方すら忘れちゃってたんだ。

中学時代、あたしには友達と呼べるような子はいなかったから。

中学入学当初はテニス部へ入って元気に活動していたけど、お兄ちゃんが入院してからは、頻繁《ひんぱん》にお見舞《みま》いに行っていたため、部活にあまり顔を出せなくなった。

すると。

『またサボってるよ』

『練習来ないのに大会だけ出るなんてズルいよね〜』

なんて陰《かげ》で言われるようになり、いづらくなって部活をやめた。

そのうちお兄ちゃんの病状もだんだん悪化していき、学校生活を心から楽しむことなんてできなかった。

遊びの誘いを断ったりしているうちに『付き合い悪いよね』とか『一緒にいてもつまんない』などと言われ、だんだん友達も離れていったんだ。

みんなの態度が変わったのは、お兄ちゃんが亡くなったあと。

その事実は、中学時代にお兄ちゃんが所属していた野球部の後輩《こうはい》たちにも伝わり、お葬式《そうしき》に大勢来てくれた。

つまり、あたしのクラスメイトの男子たちも。

よって、あっという間に知れわたったそれは、あたしへの見る目を一八〇度変えた。

『永井さん、大変だったんだね』

『力になってあげられなくてごめんね』

卒業までの三カ月は、学校へ行けば哀《あわ》れまれて、それはそれで苦痛だった。


この高校には同じ中学から進学した子がいないのが救いだったけど、友達がいないのは変わらなかった。

ひとりで過ごすのには慣れていたし、それを寂《さび》しいとも思わずに、教室の中にできつつある女子の輪を外から眺《なが》めていた。

そんなあたしに声をかけてくれたのが、伊織ちゃんだった。

『被服室《ひふくしつ》の場所わかる？』

次の時間はクラス写真を被服室で撮《と》ると言われていて、気づけば教室にはほとんど人がいなかった。

『あ、わからない……』

迷路のような校内。まだどこになにがあるかまったくわからず首を振りながらそう答えると、伊織ちゃんはニコッと笑った。

『あたしもなの。よかったら一緒に行かない？』

天使のようなその微笑《ほほえ》みは、ポッカリ開いたあたしの心の穴に光を射《さ》してくれた。

すこし遅《おそ》い春が訪れたように……。

『あたしのこと、伊織って呼んでね』

『伊織……ちゃん』

『永井さんのことは、美紗でいい？』

『う、うん！』

あたしだって、ほんとは友達が欲《ほ》しかったんだ。

ひとりぼっちに慣れていたって、寂しくないといったって……そんなの強がりだったと気づいた。

優しくて、明るい伊織ちゃん。彼女のおかげで、あたしも少しずつ笑顔でいられるようになってきた。大好きで、とても大切な友達。

そんな彼女に、今なにを頼《たの》まれているかというと……。

同じ中学だったバスケ部の男の先輩に、放課後練習を見に来てほしいと言われたらしく、ひとりじゃ行きにくいからついてきてと言われたんだ。

「仲よかった先輩の頼みだから断れなくて」

かわいいだけじゃなくて、人がいいもんね。伊織ちゃんは。

「一回だけでいいからお願い。この通り！」

ひんやりとした細い指が、あたしの手を包む。

大好きな伊織ちゃんの頼みだもん。

「うん、いいよ」

あたしはニッコリ笑ってうなずいた。


放課後。

あたしは伊織ちゃんと連れ立って、バスケ部が練習している体育館へ向かった。

この時間になると、敷地《しきち》内のあちこちから大きな声が聞こえてくる。

桜園は進学校だけど、部活動への熱の入れようも本格的。

はじめはびっくりしたけど、今ではすっかりおなじみの光景だ。

さすが私立。設備もしっかり整っているし、恵《めぐ》まれた環境《かんきょう》で部活にはげめそう。

みんな青春してるなぁ。

――キュッ……キュッ……ダンッ……ダンッ……！

バッシュの音とボールが床《ゆか》につく音が入りまじる体育館は、バスケ部の男女が半面ずつ使っていた。見学は、二階のギャラリーからできるみたい。

そこへ行くと、あたしたちと同じように見学の女の子たちがたくさんいた。

「きゃー！」

「せんぱーい！」

そこはさながらアイドルのコンサート会場のようで、みんなアリーナに向かって手を振っている。

うわあ、すごい大人気。

そういえば、バスケ部はイケメンぞろいだとクラスの子たちがウワサしてたっけ。

そんな光景に驚《おどろ》きながらも、手すりにつかまり見下ろす。

眼下に広がるアリーナでは、部員たちがゴールにシュートを放ったりしていた。

さすが高校生だなぁ。体つきが中学生とは全然ちがって、踏《ふ》みこむ一歩にも迫力《はくりょく》があり、思わず見入る。カッコいい。

「伊織ちゃん！」

すると、ひとりの部員がこっちを見上げて手を振ってきた。

あの人が伊織ちゃんを誘った先輩かな？

その先輩は群を抜いてイケメンだった。

少し茶色く染めたサラサラの髪に、さわやかな笑顔が眩しい。

……相当モテそう。

「来てくれたんだ！」

先輩があたしたちの真下までやってくる。

同時に、その視線を追うように女の子たちの目もこっちへ向けられる。

わわっ。伊織ちゃん、すごい注目浴びちゃってるけど……！

「郁人《いくと》先輩！　こんにちは！」

伊織ちゃんは、そんな周りに気づいているのかいないのか、先輩に向かって元気に手を振り返す。

「ゆっくり見てって！」

「はい、がんばってくださいね！」

「おう！　ありがと！」

先輩は満足そうに笑うと、またすぐにプレーに戻っていった。

そして誰よりも張りきって、ゴールをばんばん決めていく。

そんな様子を見て、ふと思う。

「あの先輩、伊織ちゃんのこと好きなんじゃないの？」

まだ感じる女の子の視線におどおどしながら、あたしは伊織ちゃんの耳もとでささやいた。

「えっと、実はね……先輩がまだ中学生のときに、一回告白されたことはあるんだけど……」

伊織ちゃんは、アリーナを見下ろしながら少し頬を染める。

「ええっ、そうなんだ！」

伊織ちゃんのモテるレベルは、想像をはるかに超《こ》えているかもしれない。

だって今の先輩、ファンクラブがありそうなくらいの人気っぷりだし。

まだ女の子たちの視線が痛いもん。

だけど伊織ちゃんはまったく気にする様子もなく、堂々としている。

……あの先輩、まだ伊織ちゃんを好きなんだろうなぁ。

じゃなきゃ、練習を見に来てなんて誘わないよね。

あの笑顔からは、好きがあふれ出ていたように感じるし。

そんなことを思いながら、あたしもアリーナに視線を戻す。

すると、ふいにある選手が目に飛びこんできた。

ものすごい機敏《きびん》な動きを見せる男の子。長身で手脚《てあし》の長い彼は、ひとりふたりと器用にかわすと、ひょいっと軽々ゴールを決めた。

彼のプレーからは、熱が伝わってくる。思わず手に汗《あせ》を握《にぎ》るような。

すごいな、あの人。

流れるような華麗なプレーに見入っていると、伊織ちゃんが急に拍手をしたので意識を先輩に戻した。

「伊織ちゃんは、好きな人いないの？」

そういえば、まだ恋《こい》バナってしたことないや。

だからって、あたしたちの仲が薄っぺらいわけじゃない。

逆にそんな会話をしなくても、心地よくいられる友達って魅力的《みりょくてき》だと思う。

伊織ちゃんは人のことを詮索《せんさく》するタイプじゃないし、すごく付き合いやすいんだ。

「うーん、まだそういうのよくわからないの」

「そっかあ」

恋愛《れんあい》体質そうに見えてそうでもない、伊織ちゃんの新たな一面を発見したとき。

──トクン。

ある人を目にして、あたしの胸がドキリと反応した。

そしてそこから、目が離せなくなる。

──あたしが桜園高校に入りたかった、もうひとつの理由。

それは〝彼〟の存在。

お兄ちゃんの親友だった、水瀬蒼《みなせあお》くん。

その彼が今、目の前でバスケをしているのだ。

小学五年生のとき。お兄ちゃんが蒼くんを家に連れてきたその日に、あたしの初恋は始まった。

ひと目惚《めぼ》れ、だった。

『お邪魔《じゃま》します』

太陽みたいな眩しい笑顔であいさつしてくれた蒼くんに、あたしの心臓は大きく音を立てたんだ。

それ以来、家に遊びに来ると『美紗、美紗』って、あたしのことを妹のようにかわいがってくれた。

蒼くんが遊びに来るのを、いつも心待ちにしていた。

だけど、お兄ちゃんの友達に好きだなんて言えるわけなくて。

それに……お兄ちゃんが病気になって、それどころじゃなくなった。

お兄ちゃんと蒼くんは、周りの誰もが認める大親友だった。

蒼くんが桜園高校に入ったのも、お兄ちゃんの願いだったから……。

お兄ちゃんは、初恋の人と桜園高校で再会する約束をしていた。

でも病気で叶《かな》わなくなり、蒼くんにその願いを託《たく》したんだ。

そんな無謀《むぼう》なお願いを聞いてくれた蒼くんには、心から感謝している。

「ナイッシュー」

スリーポイントシュートが決まり、蒼くんは仲間とハイタッチしていた。

白い歯をのぞかせながら。

……蒼くんが、笑ってる。

それだけで、心がぎゅっと締《し》めつけられた。

だって、あたしの記憶《きおく》に残る蒼くんは、いつも苦しそうな顔ばかりだったから。

しょっちゅうお兄ちゃんの病院に足を運んでくれていた蒼くん。

お兄ちゃんの前では笑顔を見せていたものの、病室を出ると、いつもなにかに耐《た》えるような表情をしていた。

だから今、思いっきり笑顔でプレーしている蒼くんを見て、胸が熱くなった。

お兄ちゃんが病気になったあと、親友が病気なのに部活なんてやっていられないと、蒼くんはバスケをやめてしまった。お兄ちゃんは、それをとても気にしていた。

だけど。……また、バスケを始めてくれたんだね。

きっと、天国のお兄ちゃんも喜んでるよ。

蒼くん……。

蒼くん……。

忘れかけていた感情が、再び胸に宿る。

「蒼、こっちパスー！」

「おう！　いくぞっ」
笑顔で仲間とパスしあっている蒼くん。バスケができる喜びを、全身で表すように。
……好き。
あらためて、好きだと強く思った。
――トクン……トクン……。
あたしの初恋が、また、音を立てて動きだした。

トクベツな存在

それから数日後のお昼休み。

あたしと伊織ちゃんは、学食へ向かった。

壁《かべ》はピンクやブルーやイエロー、明るいパステル調の色でペイントされていてとても明るい雰囲気《ふんいき》。窓の外にはパラソル付きのテラス席もあって、高校の学食とは思えないくらいオシャレなつくり。

「結構混んでるね」

「ほんとだ」

いつもはお弁当を持参しているあたしたち。でも、たまには学食にも行ってみたいねなんて話になって来てみたんだけど、思った以上に人がいてびっくり。

ぽつぽつと空いている席はあるけど、ふたり一緒に座れそうなところはなかなか見つからない。

「これ、もしかして座れないかな……」

伊織ちゃんが、ため息とともに声を吐《は》き出す。

おいしいと評判のハヤシライスを注文したのはいいけれど、トレーを持ったまま、あたしたちはうろうろしていた。

「伊織ー!」

そのときどこからか声が聞こえ、あたしと伊織ちゃんは声のした方に同時に首を向ける。

そこでは、ひとりの男の子が大きく手を振っていた。

たしか名前は工藤《くどう》くんといって、クラスメイトだ。

「美紗、あっち行こ」

パッと目を輝《かがや》かせた伊織ちゃんは、足を速めて呼ばれた方へ向かう。

「あ、うんっ」

あたしも慌ててついていく。

そういえば、工藤くんと伊織ちゃんがしゃべっているのを何度か見かけたことがあるっけ。

「ここ座れよ」

そこへ行くと、工藤くんが席を空けてくれた。

「いいの?」

「お前らそっち詰めろよ」

工藤くんに言われ、同じテーブルに座っていた男の子たちがトレーごとひとつずつずれてくれたおかげで、ちょうど工藤くんの目の前の二席が並びで空いた。

「ありがとう絢斗《あやと》！」

「おう！」

工藤くんは、から揚《あ》げを頬張りながら元気よく答える。

人懐っこそうなその笑顔は、こっちにまで安心感を与《あた》えてくれる。

カッコかわいい系の男の子。

「よかったね。美紗、座ろう」

「うん。……どうもありがとう」

開けてくれた男の子たちにお礼を言うと、みんな食べ物を口へ入れながらぺこりとお辞儀《じぎ》したり軽く手をあげてくれた。

よかった。あやうくトレーを持ったまま座席難民になるところだったよ。

伊織ちゃんの前は工藤くんで、あたしの前は……あれ？　この人って……。

記憶のどこかに、教室以外での彼の姿が浮かんだ気がした。

「失礼します……」

どこでだっけと思いながら、トレーがぶつからないように控《ひか》えめにテーブルの上に置くと、彼は無言のまま自分のトレーを少し引いてくれた。

メニューは、工藤くんと同じから揚げランチにご飯は大盛り。

さすが男の子。食べる量がすごいなぁ。

「彼、工藤絢斗くん。同じクラスだし知ってるよね？」

「うん」

伊織ちゃんに振られ、あたしはうなずいた。

明るくてクラスでも目立っているから、一番《いちばん》最初に名前を覚えた男の子だもん。

中性的な顔立ちの彼は、耳の横の髪をヘアピンで留めている。

シャツのボタンの開け方、ネクタイの締め方からして、普段《ふだん》からオシャレな人なんだろうなぁ。

「絢斗とあたしは家が近所で、幼なじみなの」

「わぁ、そうなんだ！」

そういうの、すごく憧れる。

「まさか高校でも同じクラスになるとは。ここまで来ると腐《くさ》れ縁《えん》だな」

「腐れ縁って、絢斗はイヤなの？」

「んー、まーどうでもいいかな」

軽く流す工藤くんだけど、ほんとはうれしいんじゃないかな。

こんなかわいい伊織ちゃんと、ずっと一緒なんて。

お互いに恋愛感情が芽生えたりしないのかな？

なんて、少女マンガの読みすぎかも。

「なにそれっ、ちょっとひどくない？　あたしはいい友達だと思ってるのに」

伊織ちゃんはかわいらしくプクッと頬を膨《ふく》らませたあと、あたしの肩に手をのせた。

「彼女は永井美紗ちゃん。すごいかわいいでしょ～」

えっ、ええっ？

天使みたいにかわいい伊織ちゃんに〝かわいい〟なんて紹介《しょうかい》されてびっくりした。

もう、伊織ちゃんやめてよ～。

きっと、ここにいる誰もが『伊織ちゃんの方がかわいい』と思ってるに決まってるもん。

「永井、です……」

ハードルの高い紹介をされちゃったから声が小さくなりつつも、前のふたりに向かって頭を下げた。

「よろしくなっ！　伊織の友達なら、俺も友達だ」

ドキドキしているあたしに向かって、工藤くんは明るい笑顔を向けてくれた。

え、嘘《うそ》……。あたしのこと、友達って言ってくれるの？

ずっと女友達すらいなかったあたしは男の子にも敬遠されていたから、そんなふうに言ってもらえて涙が出そうなくらいうれしかった。

「こいつは、久我凜太朗《くがりんたろう》」

次に工藤くんは、あたしの目の前に座る彼の肩を叩《たた》いた。

「……どーも」

チラッと視線を上げた彼は、あたし、それから伊織ちゃんへと視線を動かし軽く会釈《えしゃく》した。そして、すぐにまたご飯に視線を落とす。

「おいそれだけかよ〜」

工藤くんが言うように、彼のテンションの低さにちょっと面食らった。

口数少ない人なのかな。

同級生にしては、すごく落ち着いて見える。

でもそれは、顔が整いすぎているせいかもしれない。

目もとはキリッとしていて鼻はすっと高い。肌はすべすべしてそうだし、男の子にこんな表現合ってるかわからないけど、綺麗《きれい》だと思った。すごくモテそう。

女の子に慣れ慣れしくなさそうだし、遠巻きに騒《さわ》がれるタイプかな。

「俺らバスケ部なんだ」

そんなことを考えていると、ふいに工藤くんが落とした言葉にハッとする。

そうだ、思い出した。こないだ体育館で見たんだ。思わず見入ったプレー。

それ、久我くんだったんだ。

すっきりした半面、バスケ部ということは蒼くんと同じ。

ふたりが蒼くんと接点を持っていると思っただけで、なんだか緊張《きんちょう》してしまう。

「こいつのことは、〝リン〟でも〝タロウ〟でも好きなように呼んでやって」

「お前が言うな。しかもどっちもやだし」

「だって凜太朗って無駄《むだ》になげーじゃん」

「無駄って……親に謝れ」

コントみたいなふたりのやり取りに、思わず笑ってしまった。

久我くんのこと、近寄りがたいと思ったけどそうでもなさそうかな？

仲よくなったら楽しいタイプかも。

「だったら、お前のことも〝アヤ〟って呼ぶわ」

久我くんがそう言った途端《とたん》、工藤くんの目つきが変わった。

「ざけんなよっ！　俺はそう呼ばれるのが世界でいっちばんキライなんだよ！」

「女の子みたいだからだよね？」

そう付け加えた伊織ちゃんに、工藤くんは腕《うで》を組みながらプイッとそっぽを向いてしまった。

あれ？　大丈夫？　怒《おこ》っちゃった……？

そんなあたしの心配をよそに、ふふふと笑っている伊織ちゃんを見ると、本気で怒ってるわけじゃなさそう。よくあることなのかも。

「ほーら」

「わーやめろー！　セットが崩《くず》れるー」

伊織ちゃんが、まだすねている工藤くんの髪の毛をわしゃわしゃとなでた。

ほんと、兄妹みたい。というより、じゃれあってる犬？

「ふふふ」

どっちにしてもすごくおもしろくて、気づけば笑いがこみあげていた。

今までひとりぼっちだったあたしが、こんな輪の中にいられるなんて信じられない。

伊織ちゃんたちのおかげで、楽しい高校生活を送れそう。

「いただきます」

場が和んだところで、伊織ちゃんと一緒にハヤシライスを食べ始めた。

「わ、おいしい！」

「ね！」

ウワサに聞いていた通り、すごくおいしい。

ソースが濃厚《のうこう》でお肉もやわらかくてハマりそう。

値段も手ごろだし、これからもたまには学食で食べたいな。

「伊織のひと口くれよ」

「うん、いいよ」

工藤くんのお願いに、伊織ちゃんは快くお皿を差し出す。

そして、伊織ちゃんが使っていたスプーンが工藤くんの口の中へ……。

わっ。

あたしから見れば、ある意味衝撃的《しょうげきてき》な光景。

友達ならわかるけど……一応男の子と女の子だし。

「おー、うまいうまい」

「でしょー?」

でも、ふたりは幼なじみだもんね。きっと兄妹のように仲がいいんだな。

同じスプーンとか、今さらそんなこと気にならないんだ。

そんな光景を微笑ましく見ていると。

「あ、蒼先輩だ」

工藤くんが口走った言葉に、胸がドクンと音を立てた。

蒼先輩って、蒼くんのこと……? 学食にいるの?

とたんにあたしは落ち着かなくなる。

同じ校内にいるんだし、いつか会うとは思っていたけど、突然《とつぜん》訪れた機会に心の準備ができない。

するとと、工藤くんと久我くんがすっと席を立った。

「蒼先輩、こんにちは！」

「こんにちは」

……すぐそこに蒼くんがいるんだ。

そう思ったら、鼓動《こどう》が一気に加速する。

「おーっす、なに食ってんのー？」

蒼くんの声だ……。

緊張で、思わず目をぎゅっとつむる。

「今日のランチのから揚げ定食です。ボリューム満点っすよ」

「おばちゃん褒《ほ》めたら、から揚げ一個オマケしてくれましたよ～」

「へー、うまそ」

「お前口がうまいからなー」

なんて、蒼くんは工藤くんと他愛もない会話を交わす。

その目の前で、あたしは顔を上げられない。

だって、蒼くんがすぐ隣にいる。好きな人が、こんな近くに……。

それでも、蒼くんの顔が見たくて恐《おそ》る恐る顔を上げた瞬間。

顔をこっちに向けた蒼くんと目が合ってしまった。

「美紗……？」

名前を呼ばれ、湧きあがる高揚感《こうようかん》。高鳴る、鼓動。

「美紗じゃん！」

ぱあっと蒼くんの目が見開かれて、その顔が笑みでいっぱいになる。

優しくて、あたしの大好きな笑顔。

「蒼……くん」

蒼くんに面と向かって会うのは、お葬式以来。

そのあとも何度か家に来てくれているみたいだけど、タイミングが悪くてずっと会えずじまいだった。

笑顔の蒼くんに会うのはいつ振りだろう。

「そっか……受かったんだよな」

感慨深そうに、あたしにゆっくり目を落とした蒼くん。

「美紗……がんばったな」

彼はそう言って、あたしの頭をクシャクシャとなでた。

〝がんばったな〟

心に、グッときた。

あたしと蒼くんにしかわからない、深い言葉。

思わずゆるみそうになる涙腺《るいせん》に力を込める。

……うん、がんばったよ。

蒼くんに涙《なみだ》なんて見せたくなくて、小さく微笑んでみせた。

「合格おめでとう。まだ言えてなかったな」

優しい瞳《ひとみ》が、あたしを見下ろす。

「入学おめでとう」

「……っ、ありがとう」

泣きそうになった。

蒼くんの言葉の裏には、いっぱいいっぱい思いが隠《かく》されているように感じたから。

「似合ってるじゃん、制服」

「へへ……ありがとう」

グッとこらえて、かすかに口もとに笑みを作る。

おめでとうって言われているのに、ここで泣いたらおかしいもんね。

「どう？　学校には慣れた？」

「うん。友達も、できたの……」

あたしに友達がいないことを知っている蒼くんに伝えたかったんだ。

直接は言ってこないけど、心配してくれてるのはわかっていたから。

「よかったな……」

蒼くんは、うれしそうに目を細める。

「仲よくしてやってね」

そして伊織ちゃんに向かってニコッと笑いかけた。

その笑顔の破壊力《はかいりょく》といったら……。クラッとしそう。

それは伊織ちゃんも同じだったようで。

声も出せずにただコクコクとうなずいている姿がちょっとおもしろい。

「いっぱい遊んでいっぱい青春しろよ」

「ふふっ」

「またそのうち、家に行くから。おばさんにもそう言っといて」

「うん」

「じゃ、またな」

蒼くんはそう言うと、工藤くんたちにも手をあげて仲間の元へ去っていった。

食券の券売機の前で友達数人と戯《たわむ》れているその姿をぼんやり眺める。

変わってないなぁ、蒼くん。

どこへ行ってもいつも友達に囲まれているのは、蒼くんの人柄《ひとがら》なんだろう。

中学のときも、同級生はもちろん下級生からも大人気だった。

男の子からも女の子からも。

あたしに友達はいないくせに、いつも蒼くんがあたしを心配して教室まで来てくれるものだからそれがまた女の子たちはおもしろくないらしく、陰口をたたかれていたのは知っている。

でも、あたしはめげなかった。

蒼くんの優しさがあったから、あたしはなんとかやってこられたんだ。

いつもありがとう、蒼くん。

ずっと見つめていたかったけど、そのうち柱の陰に隠れてしまった。

残念だなぁ……なんて思いながら視線を戻すと、真正面に座る久我くんと目が合う。

彼は真顔であたしをじっと見つめていた。

わっ！

やだ、あたしニヤけてなかったかな⁉

そうじゃなくても、ぜったい顔は赤いはず。

蒼くんと会話したから興奮して、体がほかほかだもん。

気まずくて、不自然に視線をそらす。

「今のカッコいい先輩、誰？」

するると伊織ちゃんがあたしの袖《そで》をつかんで、小さく揺らしてきた。

「まさか伊織、惚れちゃったー？」

それを見逃さなかった工藤くんがからかう。

「えっ、そんなことないけど……普通にカッコよすぎない？」

やっぱり。伊織ちゃんがそんなこと言うのはめずらしいけど、それくらい蒼くんはカッコいいんだよね。

「まあ、蒼先輩はハンパなくカッコいいよな。バスケも超《ちょう》うまいし、俺が女ならまちがいなく惚れてるな」

蒼くんのカッコよさは男の子から見ても同じみたい。

自分が褒められているみたいに誇《ほこ》らしくなる。

「ところで美紗ちゃん、蒼先輩とどういう関係なの？　家行くとか言ってたけど」

続けて工藤くんが興味津々《きょうみしんしん》に聞いてきた。

「えっと……」

あたしと蒼くんの関係。

そう言われて、頭をよぎるのはお兄ちゃんのこと。

あたしは一度呼吸を整えてから言った。

「……お兄ちゃんの友達なの」

気持ちを落ち着かせ、声が震えないように。

「美紗ってお姉ちゃんいるんだよね？　お兄ちゃんもいるんだ？」

えっ、と伊織ちゃんが目を丸くする。

会話の中でお姉ちゃんがいることは伝えていたけど、お兄ちゃんの話はまだしたことがなかった。なんとなく言いづらくて。

「……ん」

うん、と答えようとして、なぜだか喉《のど》の奥《おく》が詰まって声が出なくなる。

お兄ちゃんが亡くなってからこんな質問をされたのは初めてで、心が動揺《どうよう》して……

スプーンを持つ手が、小刻みに震えた。

お兄ちゃんは……。いるけど……もう、いないから……。

「いいな〜。お姉ちゃんもお兄ちゃんもいるなんてうらやましい！」

そんなあたしの様子に気づくことなく、声を弾《はず》ませる伊織ちゃん。

「そういえば、美紗ってすごく妹って感じがするもんね」

「あー、わかる。雰囲気から出てるよな！」

伊織ちゃんの言葉に工藤くんが賛同する声が、どこか遠くに聞こえた。

それは、昔から何度となく言われてきたこと。

しっかり者のお姉ちゃんと、優しく面倒見《めんどうみ》のいいお兄ちゃんを持つあたしは、典型的な末っ子気質に育ったのだと思う。

いつも誰かのあとをくっついて、ひとりじゃなにもできない。

それは十分自覚している。

「美紗……？」

ようやくあたしの異変に気づいたのか、伊織ちゃんが声のトーンを落とす。

「どうした？　顔色悪いよ？」

「……っ、大丈夫だよ！」

大きく息を吸いこんでから、自分に言い聞かせるように答えた。

ヘンに思われてないかな。大丈夫かな。

「そう？　それならいいけど……」

「うん、食べようっ」

そのままスプーンでハヤシライスをすくい、口の中へ押《お》しこんだ。

せっかく友達ができたのに、隠し事をしてるなんてバレたくない。

いつかは話す日が来るかもしれないけど、今はまだ口にできるほど心の整理がついてないから。

無理に笑顔を作って、なんでもないふりをした。

きみのイメージ

学食で再会してから、蒼くんと校内で遭遇《そうぐう》することが何度かあった。

そのたびに『よっ、美紗！』って必ず声をかけてくれる。

校内でもモテモテであろう蒼くんが、一瞬でも自分の特別になったような気がして幸せな瞬間。こんな毎日が続いたらいいな……。

「美紗ってさ、蒼先輩のことが好きだったりするの？」

「えっ、ひゃあっ……」

ある日の休み時間。

伊織ちゃんに突然そんなことを言い当てられ、おかしな声が出てしまった。

「ふふふ、美紗ってばわかりやすいね」

しかも、認めたと解釈《かいしゃく》されちゃった。

うう、伊織ちゃんにはかなわないや。

蒼くんと接しているときのあたし、きっと恋する乙女《おとめ》全開なんだろうなぁ。

「顔真っ赤～、美紗かわいすぎる～」

「や、やめてよ〜」

自分の恋バナってこんなに恥ずかしいの？

高校生になって初めて経験する、友達との恋バナ。

うれしいけどやっぱり恥ずかしくて、思わず両手で顔を覆《おお》う。

「告白しないの？」

伊織ちゃんの大きな瞳が、あたしをのぞきこむ。

「こ、こくはくっ？」

あまりにリアルすぎるワードに、大きな声が出る。

そのせいか、いっせいに視線を浴びてしまい肩を縮こませた。

「そ、そんなのできっこないよっ」

今度は小声で返す。

彼女になりたいとか、そんな欲張りなこと……。

ただ、蒼くんとしゃべったり、近くにいられたら、それだけでうれしい。

「でもあたしは応援してるからね。いつでも相談のるよ！」

「伊織ちゃんありがとう」

友達に恋を応援してもらえるって、こんなにうれしいことなんだ。

こんな友達を持ててほんとに幸せ。

「そうそう、美紗、今日の放課後パンケーキ食べに行かない？」

「えっ、パンケーキ？」

「うん、途中下車になっちゃうんだけど、かわいいお店見つけたの」

本題はこっちだったみたい。

伊織ちゃんがスマホを見せてくる。

「ほら、これ」

そこにはかわいらしいカフェがのっていた。

学校の最寄り駅からひと駅行ったところにあるみたい。

近くにこんな素敵なお店があるんだ〜。

「うん、行きたい」

あたしは即答《そくとう》した。

放課後に友達とカフェに行くなんて、今までは夢のまた夢だったから。

「あっ……」

だけど、思い出してしまった。

「……伊織ちゃんごめん、今日委員会があるんだった……」

「えー、そうなの？、残念。保健委員だっけ？」

「……うん」

どうしてこんな日に。ツイてないよ。

残念すぎて、本気で落ちこむ。

「また今度行こう？　いつでも行けるんだから」

「伊織ちゃん……」

そんなふうに言ってもらえて、あたしにも友達ができたんだと実感できる。

だよね。いつだって行けるよね。

そう思ったら、今日の委員会もがんばろうって思えた。

「ところで、保健委員、一緒の男子って誰なの？」

「あ、誰かな……」

入学式の翌日に決めた委員会。相手の男の子はあまり意識してなかったから、壁に掲示《けいじ》されている一覧表に目を向ける。

「あ、凜太朗くんじゃん」

伊織ちゃんの言葉に、心臓がひやっとした。久我くん……なんだ。

あのお昼以来、彼にはなんとなく苦手意識を持っていた。

じっと見つめる久我くんの目が忘れられない。

蒼くんが好きって……バレてないかな。

あの日は、お昼を食べながら四人でずっとおしゃべりしていたけど、あたしは器用に会話に入っていけず、主に相づちを打つだけだった。

伊織ちゃんは、久我くんのことをさっそく〝凜太朗くん〟なんて呼んでいたけど、あたしには到底ムリで呼びかけることすらできなかった。

そんなあたしと委員会が一緒なんて、イヤじゃないかな……。

工藤くんはとてもフレンドリーだけど、久我くんはやっぱりどこかとっつきにくい。

そんなことを考えて、ちょっとだけ、放課後の委員会が憂鬱《ゆううつ》になった。


放課後の委員会。集合場所は美術室だった。

仕事内容は、クラスの委員ペアで一枚のポスターを作ること。

今日は水曜日で美術部の活動がお休みだから、ここが使えるんだとか。

期限は一カ月を目安に仕上げてほしいとの指令が出た。

〝保健〟に関連することならテーマはなんでもいいみたい。

まずテーマ決めが難しそうだなぁ。

それを決めるだけで今日の委員会が終わっちゃうかも。

クラスごとに座っているんだけど、委員会が始まってから隣に座る久我くんとはまだひと言もしゃべってない。……どうしよう。

なにか話しかけなきゃ始まらないよね。

スマホをいじっている久我くんの様子をチラチラうかがっていると、パッと顔を上げるから驚いた。

バチッと目が合ってしまい、慌ててそらす。

はー、びっくりした。

久我くんは目力《めぢから》があるのか、見られるとドキッとするんだよね……。

「なにか書きたいテーマある？」

「へっ？」

顔をすぐに戻すと、久我くんはあたしに視線を注いだままだった。

……あ。テーマ、か。先に振られちゃった。

全然思いつかないけど、なにか意見を言わなきゃダメだよね。

役立たずって思われたくなくて、頭をフル回転。

保健委員が作るポスターといえば。

「手洗いうがい、とか……？」

中学時代、そんなポスターを見た記憶がある。

「ぷっ……」

突然久我くんがふき出すからびっくり。えっ、なにかあたしおかしなことでも……。

「それ、マジで言ってる？」

切れ長の目を見開く彼の瞳がグッと迫《せま》ってきて、またまたドキッとした。

マジ……って？

周りの声に耳を澄《す》ましてみると、ほかのクラスからは、『薬物乱用』『環境問題』などなど、レベルのちがうワードが飛び出していた。

「あっ、だ、だよねっ」

「永井っておもしろいな」

今度はクシャッと表情を崩した久我くん。

その表情はいつものクールな顔とギャップがある。こんなふうに笑うんだ。

でもこの方が、親しみやすくていいな。

これから一緒に作業するんだから、できれば仲よくなりたい。

「じゃあ、献血の啓発《けいはつ》ポスターでどう？」

「献血？」

「ああ。保健の範囲《はんい》だろ」

「あ、うん。だね、それすごくいいと思う！」

たしか、献血は十六歳からできるし。高校生にはぴったりのテーマだ。

あたしが力を込めて言うと、久我くんは満足そうに笑った。

それにしても、いつ思いついたんだろう？

自分の中で書きたいテーマがあったのに、あたしの意見を先に聞いてくれたところに彼の優しさを感じる。

「俺、今日部活休んだから、できれば今日一日で終わらせたいんだけど」

「えっ、今日一日で？」

それは無理じゃないかなぁ。

下書きして、色を塗《ぬ》って、キャッチコピーもつけなきゃいけない。

一時間そこらじゃ終わらないよね？

「また部活休むとか、できればしたくないんだよ」

でも、理由を聞いて納得した。部活に入っているならそう思うのは当然か。

「だったら、今日できるとこまでやって、あとはあたしがやっておく……でいいかな？」

あたしは部活をやってないから時間はいくらでもあるし。

だからそう提案したんだけど。

「部活を言い訳に、永井ひとりにやらせるわけにはいかないよ。係ふたりの仕事だろ」

「……えっ」

あまりに男らしい言葉に、一瞬言葉を失った。

てっきり『ラッキー！　あとはよろしくっ！』って言われると思っていたから。

少なくとも、あたしの知ってる男の子はそうだった。

「今日無理ならいいよ。そのときは部活休むから」

自分の意見を無理に通さないところにも感心する。

だったらなおさら久我くんの要求を受けいれてあげたいと思う心理が働く。

「ううんっ、あたしは大丈夫だから今日やっちゃおうか」

そう言うと、久我くんはホッとした表情を見せた。

「悪いな」

さっそくあたしたちは準備に取りかかった。

「永井、絵って得意？」

「全然……」

これ、謙遜《けんそん》じゃなくて事実。どうがんばっても、絵は上達しなかった。

「じゃあ俺が描《か》くから、永井は適当にキャッチ考えてレタリングしてよ」

「あ、はい」

見かけによらず、テキパキ準備してしっかり仕切ってくれる久我くん。

なんか意外だなぁ。

久我くんはすでに頭の中にイメージがあるのか、迷うことなく画用紙の上に鉛筆《えんぴつ》を走らせていく。

「わぁ……すごい」

絵、上手なんだ。

あたしには絵心がないから、思わず見入る。

その指先に目線をやると、いかにも男の子っていうゴツゴツした手じゃなく、細くて綺麗な手。

それでも華奢《きゃしゃ》な感じはまったくなくて、まくりあげた袖から見えるのは、筋肉質でほどよい太さの腕。

血管の筋が浮き出ていて、いかにも男の子って感じ。

この腕から、あの華麗なプレーが生まれているんだと妙《みょう》に感心した。

「キャッチ考えてくれた?」

手先や腕を凝視《ぎょうし》していると、ふいに顔を上げるから驚いた。

「へっ?」

そうだった。やばい、なんにも考えてない……!

久我くんが一生懸命《けんめい》描いてくれている間、あたしはなにをしていたんだろう。

申し訳なくて、必死に考えた結果。

「じゃ、じゃあ、レッツ献血、とか……?」

思いついたキャッチコピーを口にする。

難しい言葉とか、ひねった言葉は出てこなかった。

「ふっ」

わ、笑った？　これでも、ない知恵《ちえ》絞《しぼ》ったのに……。

恥ずかしすぎて変な汗が出てくる。

「だ、ダメでしょうか……」

「ふつーだな」

「……じゃあ久我くん考えてください」

目の前には、立派な下絵。

たしかに、そんな陳腐《ちんぷ》なキャッチじゃ絵がかすんじゃうよね。

「まあ、わかりやすくていいんじゃない？　変に偽善《ぎぜん》ぶった言葉より簡潔でいいよ。それでいこう」

「……いいの？」

ほんとは、久我くんにいい案があるんじゃないかな。

適当に口に出したものにあっさり決まっちゃったけど……ほんとによかったのかな？　ちょっと不安だ。

五時半を過ぎると、まわりは片づけをして帰り始めた。

どのクラスも、続きはまた別の日にやるみたい。

でも今日一日で終わらせるあたしたちは、動かす手を止めない。

色塗りをして、乾《かわ》かして。キャッチのレタリングをして、色をつけて。

「終わった」

「ふう……」

ようやく作業が終わったころには、時刻はもうすぐ七時になろうとしていた。

窓の外は、もう真っ暗。

「すごくね？ ほんとに一日で終わった」

「すごいすごい。集中してやれば、ポスターも短時間で作れるんだね」

最後の方は、もう無言でひたすら手を動かしていた。

会話がなくても気まずいなんて思わないほど、集中していた。

「悪かったな。一日で終わらすとか無理言って」

「ううんっ。あたしの方こそ、ほとんどやってもらっちゃって……なんだかごめんね」

完成したものを見ると、あたしが手を入れたところなんてほとんどない。

いた意味あったかな……。

「でも、色の補充《はじゅう》とか、筆洗ってくれたり水交換《こうかん》してくれたりしただろ」

「え……」

それ〝しか〟だよ。それしかしてないのに。

優しいことを言ってくれる彼の人のよさに感動を覚えたとき、あたりが一瞬にしてピカッと光った。

「きゃあっ！」

——ドーン……‼

そしてなにかが落ちるような大きな音が鳴り、あたしはとっさに手をおなかに当ててしゃがんだ。

……雷《かみなり》だ。

あたし、この世で一番雷が怖《こわ》いの。

地の底から這《は》いあがるようなこの音を聞くと、とてつもない恐怖《きょうふ》に襲《おそ》われるんだ。

「ははは っ！」

そんなあたしを見て、久我くんが大笑いしていた。

今まで見た中で一番の笑顔。まるで、ツボにはまったかのように。

顔をクシャクシャにしていて、いつもの大人びた顔とのギャップがすごい。

「な、なんでそんなに笑ってるの」

「雷鳴って、リアルにへそ隠すヤツ初めて見た」

「うっ……」

雷が鳴ると、とっさにおへそに手を当ててしまうのは昔から。

『雷が鳴ったらへそをとられる』なんて昔聞いた迷信を信じてるわけじゃないけど、クセだから直らない。

だけど高校生にもなって、それも人前で……。恥ずかしいっ……。

――ゴロゴロ……ッ！

「きゃあっ」

再び雷が聞こえてまた叫び声をあげるあたし。

怖いよ……。久我くんじゃなかったら、しがみつきたいくらい。

「ククク……」

だけどそんなあたしを見て、彼はまだ笑っている。

……もう、そんなに笑うことないのに。

あたしは恐る恐る窓に近づき、外の空を見上げた。

「怖いなぁ……」

これから雨が降るのかな。外は真っ暗だし、雷の中を帰るなんて拷問《ごうもん》だよ。

雷が遠ざかるまで待とうか。

「永井って、帰り道どっち方面？」

ふいに言葉をかけられて、気づくとすぐ隣で久我くんもあたしと同じく空を見上げていた。

「あたしは駅まで歩きだよ。久我くんは？」

「俺は、学校前からバス」

「そっか」

桜園の生徒は、大きくふた通りの通学経路にわかれる。

近くの駅まで歩く生徒と、学校前からバスに乗ってさらにちがう路線の駅へ向かう生徒。

久我くんは、あたしとは帰る経路はちがうみたい。

せめて、同じだったらよかったのに。

久我くんのあとを追いかけて歩けば、少しは怖さがなくなったかもしれないから。

「じゃあ、駅まで送ってく」

「へ？」

じゃあって。今、逆方向なのを確認したよね？

「もう外暗いから、女子のひとり歩きなんて物騒《ぶっそう》だし」

チラッと横目であたしを見る。

「男がいるのといないのじゃちがうだろ」

口先だけで放つのは、照れ隠しにも聞こえた。

男の子に女の子扱《あつか》いされるなんて初めてで、なんて言ったらいいのかわからず困惑《こんわく》していると、久我くんがふっと笑う。

「雷鳴るたびにへそ隠して騒いでたら、いつまでたっても家に帰れなさそうだしな」

「ちょ、久我くんっ！」

ネタのように言われて、ついさっきのとまどいなんて吹っ飛んだ。

「こんなに遅くなったの俺のせいだし。早く切りあげてれば暗くならなかったし、雷の中帰ることもなかったんだから」

久我くんって、じつはすごく優しい人なのかもしれない。

整った綺麗な顔立ちをしているぶん、少し冷たく見えるけど、意外にもいろんな表情を持っている。

もっと友達として仲よくなれたらいいな。

片づけを始めた横顔を見ながら、そんなことを思った。

「じゃあ消すよ」

久我くんが美術室の明かりを消すと、一気にあたりが暗くなった。

校舎の明かりもほとんど消えていて、不気味な空気がただよっている。

夜の校舎って理由もなく怖いけど、今日は不思議と怖くない。

久我くんが一緒にいてくれるおかげかな。

「暗いから足もと気をつけて」

「うん、ありがとう」

さりげなく優しい久我くん。

声は決《けっ》して優しくはないのに、なぜかほっとするのはどうしてだろう。

そういうことをしなそうなギャップ……？

でも、自然に優しさとか男らしさを出せるって素敵。

いかにもって感じじゃないところに好感が持てる。

久我くんと付き合う女の子は、すごく大切にしてもらえるんだろうなぁ。

並んで階段を下りながら、あたしなりに考察する。

昇降口《しょうこうぐち》に着いて、靴を履《は》きかえたとき。

「……なあ、永井」

久我くんが、少しためらいがちにあたしを呼んだ。

「ん？　なあに？」

頭ひとつぶんくらい高いその顔を見上げる。なんだか、妙に真剣《しんけん》な顔。

「あのさ」

「凜太朗——!?」

そのとき、元気な声がわりこんできた。

久我くんとあたしの意識がそれた直後、ざわざわと騒がしくなる昇降口。

部活を終えたバスケ部の集団が一気に流れてきたのだ。

「今帰りかー?」

声の主は工藤くんで、いつもの笑顔で近寄ってきた。

今、久我くんはなにを言いかけたんだろう。

気になるけど、久我くんはもう工藤くんに絡《から》まれていた。

「部活サボって、こんな時間まで美紗ちゃんとなにやってたんだよー」

そんな冷やかしに、すこしムッとした。

サボりじゃないもん。ちゃんと委員会の仕事してたんだもん。

心の中で久我くんの肩を持つ。

「はあ? うるせーよ。休みたくて休んだんじゃねーし」

口を尖《とが》らせる久我くんは、心の底から部活に出たかった様子。

部活を休めてラッキーなんて、一ミリも思ってないんだろうな。

無理してでも今日終わらせてやっぱり正解だった。

「わかってるよ！　美紗ちゃんもお疲《つか》れ様！」

「うん、ありがとう」

「凜太朗、しっかり仕事してた？」

「それはもうっ！」

思わず力が入っちゃう。

想像以上の活躍《かつやく》ぶりだったんだから。

保健委員の相手が久我くんでほんとによかった。

すると、また別の集団が昇降口に流れこんできて、一年生がいっせいに口を開いた。

「お疲れ様です！」

「お疲れっす！」

敬語なのを見ると、バスケ部の先輩なのかもしれない。

もしかして、蒼くんもいたりする……？

とたんにそわそわする。

「お疲れー」

その期待は的中し、エナメルバッグを肩からかけた蒼くんが姿を見せた。

わっ……！　ほんとに来ちゃった。

こんなタイミングで蒼くんに会えたことを素直に心が喜び、高鳴る胸。

同じ学校にいても、毎日会えるわけじゃない。

今日は初めて。しかも一日の終わりに会えるなんて。

こんな時間まで残らせてくれてありがとう、久我くん！

蒼くんは、同じく二年の先輩としゃべりながら靴を履いていた。

どうしよう。声、かけたいけど……。

こんなに人がいっぱいいる中では無理だろうなぁなんて思っていると、靴を履き終えた蒼くんがあたしに気づいた。

「あれ？　美紗、なにやってんの？」

部活の疲れなんて一切《いっさい》見せない、太陽みたいな笑顔。

「えと、委員会で……」

髪の毛おかしくないかな。こんなことなら、帰る前に鏡見るんだった。

「こんなに遅くまで？　なに委員？」

「保健委員。ポスター作りしてて」

「保健委員って、凜太朗が言ってたアレか」

蒼くんは知っていたみたいで、うんうんとうなずく。

「大変だったな。お疲れ」

「……ありがとう」

蒼くんにねぎらわれたら、疲れなんていっぺんに吹き飛んじゃうよ。

いや、あたしはもともと疲れてないんだけど。

「凜太朗もお疲れ」

次に、隣にいた久我くんの肩に触《ふ》れると、彼は軽くペコッと頭を下げる。

並んだふたりを見て、身長差があまりないことに気づく。

蒼くんは一年くらい前に聞いたときはたしか一七八センチって言ってたけど、もう少し伸《の》びてるのかも。久我くんもそれくらいあるんだ。高いなぁ。

ふたりともすごくイケメンだから、こうして並ぶとすごく絵になっている。

やっぱりバスケ部がイケメンぞろいなのは、ここだけ見ても一〇〇%だよね、なんて思っていると。

「じゃあ一緒に帰るか」

その高さから、落とされたのは蒼くんの声。

「えっ……？」

蒼くんの目はあたしに向けられている。

帰るって……。今の、あたしに言ったの？

でもここにはあたし以外いない。

嘘っ。

蒼くんと一緒に帰るなんて、そんなの願ってもないこと。

急な誘いに心が弾むけど。

「あ……」

久我くんが一緒に駅まで行ってくれることになってるんだ。

そう伝えようと、口を開きかけたとき。

「じゃあな永井、お疲れ。蒼先輩、お先に失礼します」

久我くんは、あたしに軽く手をあげ蒼くんにも頭を下げると、さっさと昇降口を出ていってしまった。

え……。じゃあなって。送ってくれるって話は？

でも、そんなことを確認しに行く暇もないくらい、あっという間に小さくなっていく久我くんの背中。

……どうしよう。

「行くぞ、美紗」

もたもたしているあたしに蒼くんの声がかかる。

「あ、うんっ……」

残されたあたしには、断る選択肢《せんたくし》なんてなくて、歩き出した蒼くんの隣に並んだ。

みんな進んでる

並んで歩く帰り道。

久しぶりの、蒼くんとふたりきり。……ドキドキする。

「美紗と話すの、久しぶりだな」

「うん」

蒼くんがそう言う通り。

お兄ちゃんのお見舞いの帰り道にふたりきりになることはあったけど、最後はいつだっけ。お兄ちゃんが亡くなる少し前、冬のすごく寒い日だったような気がする。

「おばさんからは、美紗の様子とか聞いてたんだけどさ」

「うん」

知ってる。お母さんからは、『今日蒼くんが来て、美紗どう？って聞かれたわよ』ってときどき言われていたから。

「桜園に受かったのも聞いてたけど、お祝いしてやれなくてごめんな」

「うん」

「てかさ……あんなに取り乱して、美紗に合わす顔なかったってのが正直なとこで」

「うん」

　お兄ちゃんのお葬式。

　あたしも泣《な》き腫《は》らして余裕なんてなかったけれど、蒼くんの憔悴《しょうすい》も相当なものだった。

　出棺《しゅっかん》のときもお兄ちゃんの名前を叫んで、棺《ひつぎ》から離れなくて……まわりの友達がそんな蒼くんを支えていた。

　お兄ちゃんの前ではずっと明るく振る舞っていた蒼くんとは、まるで別人みたいだった。

『遥輝《はるき》――――っ……』

　今でもあのときの声を思い出すと、胸の奥が痛くなる。

「美紗、さっきから〝うん〟しか言わねえな。俺、なかなか恥ずかしいことカミングアウトしてんだけど」

　蒼くんが笑う。

「……うん」

「ほらまた」

「……ごめんっ」

……だって、緊張しちゃって。うまく言葉が出てこないの。

「謝んなくていーよ」

ふわっと頭にのせられた手。

胸がキュンとして、思わず肩をすくめた。

こんなふうに触れられて、あたしがどれだけドキドキするのか、蒼くんは知らないでしょ。

去年の夏以降、お兄ちゃんの病状が悪化したのに加えて、あたしも受験生ということもあり蒼くんへの恋心は胸の奥に閉じこめていた。

だけど、またこんなふうに頻繁に蒼くんに会える状況《じょうきょう》になって、目覚めた想いは加速を続けるばかり。

「どしたー？」

見上げると、そこにあるのは優しいまなざし。

切れ長で涼《すず》しげに見える瞳の奥には、温かさが宿っている。

ああ、好きだなって思う。

「蒼くん、またバスケ始めたんだね」

さっきから、ひとりドキドキさせられっぱなしで、そういえば言いたいことも言えてなかった。

その瞳に向かって、ほんとは一番にかけたかった言葉を告げた。

「おう、遥輝に約束したからな」

「……お兄ちゃんに？」

どちらからともなく、歩幅《ほはば》がゆっくりになる。

「ああ。俺がバスケから離れるのは期間限定ってな。ほんとは、遥輝の病気が治るまでって意味だったんだけど」

蒼くんは、そこで軽く呼吸を整える。

「遥輝も、俺がバスケをするのを望んでるはずだから」

お兄ちゃんを捜《さが》すかのように、空を見上げる蒼くん。

少し湿《しっ》気《け》を含《ふく》んだ夜風が、蒼くんの髪をゆるやかに揺らした。

「お兄ちゃんも、絶対《ぜったい》喜んでるよ」

いつだって、自分のことみたいに『蒼のプレーはすごいんだ』って言ってた。

部活を辞めてしまったときは複雑な想いを抱《かか》えていたみたいだから、きっと安心してるはず。

「どっかで見てる遥輝にさ、ちゃんとがんばってる姿見せたいんだ」

その横顔は、凛《りん》としていた。

あれだけお兄ちゃんの死に打ちひしがれていた蒼くん。

このまま蒼くんが立ち直れないんじゃないか……とも思った。

あたしだって、そんな蒼くんに会うのが実は不安だった。

蒼くんに真正面から向きあうことを避《さ》けていたのは、あたしも同じだったかもしれない。

「こういう言い方おかしいかもしれないけど、遥輝が生きてたころより、遥輝を近くに感じるんだよ」

「……近くに？」

「ああ」

蒼くんは、力強くうなずいた。

「目には見えないけど、感じるんだ。いつも俺のそばにいてくれてる。そう思うことで、俺もがんばれる」

すごいな、蒼くん。まだあたしは悲しみの方が大きくてそんなふうには思えないし、お兄ちゃんが遠くて遠くて仕方ないのに。

「遥輝にカッコ悪いとこ見せられないからな」

そう言って向けられた瞳に、思わず息をのむ。

まっすぐすぎて吸いこまれそうだった。

悲しみを乗り越《のこ》えたら、こんなにも強くなれるのかな。

あたしにもいつか、そんな日が来る……？

「まだ……行けないか？」

「…………」

蒼くんの問いかけの意味をすぐに理解した。だからこそ、黙ってしまった。

「そっか……」

蒼くんは、噛《か》みしめるようにつぶやく。

『行けない』のは、お兄ちゃんが眠《ねむ》っているお墓のこと。

納骨のときには行ったけれど、お墓参りという意味では、あたしはまだ一度も行けていないんだ。

お兄ちゃんがそんなところにいることを認めたくなくて。

お兄ちゃんの〝死〟そのものが、まだ夢なんじゃないかって思うときがある。まだ病院にいるんじゃないか……って。

こんなあたしを、お兄ちゃんはどう思ってるかな。

蒼くんは、月命日にはかかさずお墓参りに行ってくれているみたい。

なのに、妹のあたしが行けてないなんて……。

そんなあたしの気持ちを悟《さと》るかのように、蒼くんは笑顔を見せた。

「焦《あせ》る必要なんてない。美紗は美紗のペースで進んでいけばいい。遥輝だってわかってるはずだから」

「蒼くん……」

すこし心が軽くなる。

受けいれられないことを、許されている気がした。

「それまでは、俺が美紗のぶんまでしっかり遥輝んとこに行くから。美紗はなにも心配すんな」

「……ありがとう、蒼くん」

お兄ちゃんは幸せ者だね。こんなにも思ってくれる大親友がいて。

「いや、俺の方こそ遥輝に礼言わなきゃな。遥輝がいなかったら、バスケだってやってなかったかもしれない。スポーツとか、一生懸命やることの楽しさを教えてくれたのは遥輝だから」

お兄ちゃんと蒼くんの出会いは、小学六年のときだった。

我が家が引っ越しをしたことで、転入先の小学校で出会ったのだ。

幼なじみとかそんなんじゃなく、付き合いはそれほど長くはなかったけど。

お兄ちゃんと蒼くんは友情を育んで固い絆《きずな》で結ばれた。

「あたしも応援してるよ。蒼くんがバスケをしてる姿、大好きだから」

中学生になったあたしが初めて蒼くんのプレーを見たとき、心ごと持っていかれた。

キラキラ輝いている蒼くんに、あたしは二度目の恋をしたの。

「サンキュ。俺、二年で新入部員だからさ、人より倍がんばらねえとなんだ。美紗って、凛太朗と同じクラスなんだろ？」

「ん？　うん」

「凛太朗のプレーってすげえんだ。普段落ち着いてるヤツが本気出したらこえーっての、あいつにピッタリ当てはまってるよ」

蒼くんの言葉に思わずうなずいた。

あたしだって目を奪《うば》われた。いつも冷静な彼の、熱いプレーに。

「当面のライバルは凛太朗だな。一年に負けるわけにいかねえし」

「気合がすごいね。がんばって！」

活き活きとした蒼くんの姿に、あたしは救われる思いだった。

蒼くんがバスケを一生懸命がんばっている。

それは、前へ進んでる証拠《しょうこ》でもあるから。

それに、蒼くんに顔を向けて話しながらあたしは気づいていた。

……左耳のピアスの変化に。

やわらかいブラウンの髪の下からのぞく、左耳のピアス。

中学二年のとき、蒼くんは突然ピアスを開けた。

いきなりのことでびっくりした。蒼くんが不良になっちゃうのかもって、不安にもなった。そんなことはなかったんだけど……。

お兄ちゃんは、そんな蒼くんにピアスをプレゼントしたいと言った。

はじめは男子が男子にピアス……？と驚いたけど、お兄ちゃんと蒼くんの絆は妹のあたしから見ても相当のものだったから、きっと特別な思いがあるのかなって思った。

でも入院中だったから、一時外泊《がいはく》が許されたときにあたしが付き添って買いに行ったんだ。

お兄ちゃんが選んだのは、シンプルなシルバーのピアス。

太陽の光に当たるとキラキラ反射して、すごく綺麗で好きだった。

蒼くんはそれ以来、ずっとそのピアスをつけていたのに。

「……ん？」

あ……見すぎちゃってたかな。

あたしの視線に気づいたのか、蒼くんは軽く左耳に触れた。

「ああ……」

そして、気まずそうに声を落とす。

「そのピアス、素敵だね」

だから蒼くんがなにか言う前に、明るい声であたしの方から率直な感想を告げた。

ピアスを変えたことに対して、あたしが不快に思ってると思われるのがイヤだから。

「おう、サンキュ……」

どうしてお兄ちゃんのピアスを外しちゃったの、なんて聞くのは蒼くんを苦しめるだけ。

家族のように一緒に闘《たたか》ってくれた蒼くんだけど、いつまでもお兄ちゃんに縛《しば》られて生きていくのはダメだってわかってる。

蒼くんが自分の道へ進むことを、永井家のひとりとして応援しなきゃいけないの。

お兄ちゃんを決して忘れてしまったわけじゃない。

むしろ、近くに感じるとまで言ってくれた。

「あたし、蒼くんになにができるかな……」

だからそうつぶやいたのは、蒼くんへの素直な気持ちだった。

「え？」

「お兄ちゃんにしてくれたこと、ちゃんと返していきたい」

「……美紗も、いっちょまえに生意気なこと言うようになったな」

蒼くんは照れ隠しをするように、あたしの頭の上にまた手をのせた。

「なーんもいらねえよ。ただ美紗が笑ってれば、それでいい」

そしてクシャクシャッとなでた。

——トクンッ……。

またひとつ、小さく胸が音を立てた。

お兄ちゃんがいなくなった今、あたしと蒼くんの関係はどうなっていくんだろう。

やっぱりあたしは、いつまでたっても〝お兄ちゃんの妹〟なの……？

ひとりの女の子として見てもらえない？

蒼くんの〝特別〟には、なれないですか……？

雷はもう通り過ぎた様子。空には星がまばたき始めていた。


今朝は久々にすっきり起きられた。

覚えてないけど、なんだかとても幸せな夢を見ていた気がする。

昨日、蒼くんと久しぶりに話せたからかな。

そんなふわふわした気持ちのまま登校したあたしだったけれど、教室に入った瞬間気を引きしめた。

久我くんに、昨日のこと謝らなきゃ。

一緒に駅まで行ってくれるって言ったのに、なんだか申し訳なかったな。

久我くんにとって蒼くんは先輩。

『じゃあ一緒に帰るか』

そんな蒼くんがあんなことを言ったものだから、あえて何事もなかったように帰っていったんだと思う。変な気、使わせちゃったよね。

バスケ部は朝練があるから、久我くんはいつも始業直前に教室に入ってくる。

そわそわしながら待っていると、やっぱり今日もギリギリに教室に入ってきた。

「おーっす！」

同じバスケ部の工藤くんも一緒に入ってきて、元気よくあいさつする。

とたんに、クラスの空気がいっぺんに明るくなった。

工藤くんはムードメーカーだもんね。イケメンふたりが登場して、女の子たちの顔が輝きだすっていうのもあると思うけど……。

「絢斗おはよーー！」

「凜太朗はよーー！」

クラスの人たちから口々にかけられるあいさつに、工藤くんは元気よく返しているけど、久我くんは片手をあげて応えているだけ。

ふたりとも仲はいいのに、雰囲気は対照的。

機嫌《きげん》……悪いのかなぁ……それとも、これが久我くんの普通？

よくわからないけど、愛想のない人に話しかけるのってかなり勇気がいる。

それでも、あたしは話さなきゃいけないことがあるから、意を決して久我くんに向かった。

「久我くんっ！」

「……ん？」

あたしの呼びかけに振り返る久我くんの声は、予想通りものすごく低かった。

うっ、やっぱりこのテンションは苦手だなあ。

朝練をしてきたはずなのに、なんて低血圧な声。

バスケをしているときと全然ちがう。

「あの、昨日は……」

「ああ……お疲れ」

言いたかった言葉とちがう反応をされ、とまどいながらも続ける。

「うん、お疲れさま。で、その……」

途中で言いよどむと、先を急かすように無言で視線だけ向けてくる。

早く言わなきゃ。

「あ、あの、駅まで一緒に行ってくれるって言ってたのに……ごめんね」

でも、ごめんねっていうのも変か。まるで、久我くんがあたしを送りたかったみたいに聞こえちゃったかも。むしろ、久我くんはイヤな役目をまぬがれて助かったんだろうし。

「ああ、そんなこと気にしなくていいよ」

それか……というように首を数回縦に振りながら久我くんは答えた。

〝そんなこと〟と言われて、ちょっとだけ虚《むな》しさを覚える。

たしかに久我くんにとっては〝そんなこと〟かもしれない。

でもあたしが気にしていたのは事実だし、言って気が済んだからいいかなと思っていると。

「てか、よかったな」

次にかけられた言葉の意味を、瞬時に理解できなかった。

よかった……？

少し時間を置いても飲みこめていないことをあたしの表情から読み取ったのか、久我くんは衝撃《しょうげき》な言葉を発した。

「蒼先輩と一緒に帰れて」

「……ええっ！」

――ガタガタッ！

あたしの腕が、隣にあった誰かの机にぶつかり大きく動いた。

驚きすぎて、必要以上のリアクションを取っちゃったんだ。

それくらいインパクトのある言葉だったから。

だって……。

やっぱりバレてるの？　あたしが蒼くんを好きなこと。

「どうか……した？」

そんなあたしに、久我くんが引き気味に笑う。

「あっ……」

「夜道怖かったんだろ？　蒼先輩、方面同じなんだろうし、家の近くまで一緒に行けたんじゃないの？」

そっか。そういう意味か。やだ、あたし。深読みしちゃって恥ずかしい。

「あ、ああっ、うん」

ぎこちなく笑顔を作り、えへへと笑う。恥ずかしさを隠すように。

それからすぐに久我くんは、クラスの男の子に話しかけられてそっちへ行った。

あー、びっくりした。

あたしはまだ激しく動いている心臓を落ち着かせるように、深呼吸しながら席へ戻った。

「美紗ちゃん、先輩が呼んでるよ」

クラスの子にそう言われたのは、お昼休み。

「えっ……」

先輩と言われて思いつくのは……蒼くんっ⁉

思わずガバッと立ちあがった。

「女の先輩。かわいらしい人」

しかしそう付け加えられて、ドクンと跳《は》ねる胸。

……中学時代のイヤな記憶がよみがえる。


『永井さん、先輩が呼んでるよ～』

友達のいないあたしが唯一《ゆいいつ》学校で普通に話せる相手、それは蒼くんだった。

ときどきあたしのクラスに来てくれたから、その日もまた蒼くんが来てくれたんだと思ったら。

『先輩っていっても、〝蒼くん〟じゃないけどね』

クスクス笑うクラスの女の子たち。

不安に思いながら廊下に出てみると、綺麗な女の先輩たちがズラリと並んでいた。

『あなたが永井美紗？』

『……はい』

おどおどしながら答えたあたしに、その女の先輩は言った。

『あんた、蒼のなんなの？』

なんなの……って。

そんなことを言われたのは初めてで、とまどった。

『目障りだから、蒼の前をちょろちょろしないでくれる？』

『構ってもらってるからって、調子乗るなよ』

次から次へと投げられる言葉。

蒼くんはすごくモテるのに、同級生の女の子ともあまりかかわらず、告白されても誰とも付き合わなかった。

だから、構われているあたしがおもしろくなかったんだろう。

部活までやめてお兄ちゃんのお見舞いを優先していた蒼くんが、彼女なんて作らないのはわかっていた。

でも、周りはそうは思わない。

『友達いなくて寂しい子ぶって、蒼に心配してもらってんじゃないよ』

『そんなつもりは……』

一度だってなかった。

むしろ、あたしまで蒼くんに心配なんてかけたくなかった。

お兄ちゃんのことで精いっぱいな蒼くんに。

でも、あたしが孤立《こりつ》すればするほど、蒼くんは心配してくれた。

学校内で会えば必ず声をかけてくれたし、帰りに昇降口で会えばそのまま一緒に校門を出ることもあった。……行き先は、お兄ちゃんの病院で、一緒だったんだし。

蒼くんに想いを寄せているあたしだって、蒼くんに優しくされて手放しでうれしかったかと言ったらそうじゃない。

蒼くんは、あたしを見てるんじゃない。

お兄ちゃんの〝妹〟だから、気にかけてくれただけなんだ。

でも女の先輩からすれば、あたしが目障りだったんだと思う。

蒼くんが卒業するまで、そんなことがたびたびあった。

だから今、女の先輩があたしを呼んでるなんて不安しかない。

トラウマだ……。

「美紗、どうしたの？」

よっぽど悲壮《ひそう》な顔をしていたのか、伊織ちゃんが心配そうに声をかけてくる。

「……ううんっ、ちょっと行ってくるね」

なんとか口もとに軽く笑みを作って、席を離れた。

もしかして、昨日一緒に帰ったところを誰かに見られた……？

またあのときみたいに、なにか言われちゃうのかな。

そんな不安を抱えながら廊下に出たあたしを待っていたのは、思いもよらない人だった。

「え……」

「陽菜《ひな》ちゃんっ……!?」

「美紗ちゃん、久しぶり」

あたしの前で笑顔を見せるのは、小学生時代から知る、新田《にった》陽菜ちゃんだった。

「美紗ちゃんが桜園に入ったって知らなくて。聞いてすっ飛んできちゃった」

そう言って笑う陽菜ちゃんは、昔のおもかげをよく残していた。

笑顔がかわいいところは、そのまま。

陽菜ちゃんは……お兄ちゃんの初恋の人なんだ。

そして、陽菜ちゃんもお兄ちゃんを好きでいてくれた。

引っ越すことで離れ離れになったお兄ちゃんと陽菜ちゃんは、桜園高校での再会を約束していた。それは叶わなかったけど……。

お兄ちゃんの最期のときも、病院に駆《か》けつけてくれた。蒼くんと一緒に。

寒い寒い冬の日。この数日間が山かもしれないと宣告され、あたしは三日前から学校を休んでお兄ちゃんの病室にいた。

　そして、ついにそのときがやってきた。

『きっと、これが最後だと思います……』

　ずっとお兄ちゃんを診《み》てくれていた医師の言葉に、お父さんが『お兄ちゃんとお話ししなさい』と、最期の別れを促《うなが》した。

『お兄ちゃん、イヤだよおおっ……！』

　わかっていたけど、いざその時がきたら受けいれることなんてできなかった。

　お兄ちゃんの腕に手を添《そ》えて、泣きながらそう言い続けた。

　お兄ちゃんは、笑ってた。

『美紗……受験……がんばれよ……』

『……っ……ううっ……』

『お兄ちゃんは……美紗が……大好きだ……』

　苦しそうな顔なんて、少しも見せずに。

　家族とのお別れを済ませると、お兄ちゃんの意識は薄れていき、やがて呼びかけにも反応しなくなった。

　あたしはただただ怖くて、病室の隅《すみ》で膝《ひざ》を抱えて丸くなっていた。

　なのに。

陽菜ちゃんが来た途端、お兄ちゃんはまた意識をはっきりさせたんだ。

『陽菜』

そう名前を呼んで。

あたしは思わず立ちあがって、お兄ちゃんのところへ駆け出そうとした。

だって、意識が戻ったなら、あたしだってお兄ちゃんの近くへ行きたいから。

でも。

『行っちゃダメよ』

お姉ちゃんが、その体を止めた。

どうして?

お兄ちゃんはあたしのお兄ちゃんなのに……。

それでも、あたしはお兄ちゃんの元へ行くことは許されず、そのままお姉ちゃんの胸の中で声をあげて泣いたんだ。

そして陽菜ちゃんとの対面の後、お兄ちゃんはそのまま息を引き取った。


今ならその理由がわかる。そして、あれでよかったんだと。

転校したきり会えなかったふたりの、四年越しの再会。

そして、永遠の別れだったんだから……。

陽菜ちゃんとは、そのあともちゃんと話をする機会はなかった。

だから、こうやってまともに向かいあうのは小学生以来。

あまりの懐かしさに、手を取りあってはしゃいだ。

「美紗ちゃんかわいくなったね。すっかり見ちがえちゃった」

「やだ陽菜ちゃん！　陽菜ちゃんだって相変わらずかわいいよ」

陽菜ちゃんの言葉はお世辞として、あたしが言ったのは心の底からの言葉。

陽菜ちゃんって、雰囲気がやわらかくてすごく女の子らしい。

あたしとちがって、誰からも愛されるタイプだと思う。

「もー、そんなこと言ったってなにも出ないからね、ふふふ」

あー、ほんとかわいい。お兄ちゃんが好きになったの、すごくよくわかるよ。

お兄ちゃんのお嫁《よめ》さんになって……あたしのお義姉さんになってくれたらどんなによかっただろう……。

「美紗ちゃん、部活やってるの？」

「ううん、やってないよ」

「あたしもなんだ。じゃあ、今度放課後どこか遊びに行こうよ」

「うん、行こう！」

……お兄ちゃんのこと、まだ忘れられない？

気になるけど、やっぱり聞けない。
笑顔の陽菜ちゃんだからこそ、聞いちゃいけない気がしたんだ。
みんな、悲しみを抱えながら少しずつ前へ進んでるんだよね。
蒼くんも、陽菜ちゃんも。お父さんもお母さんもお姉ちゃんも。
……あたしも、いつまでも立ち止まってなんかいられない。
みんなと一緒なら、前へ進めるかな。……進みたい。
初めてそんなことを思ったあたしの心の中は、なんだかすごく晴れやかだった。

Chapter two

好きでいたいよ

「今日は席替えするぞー」

中間テストが終わった五月下旬《げじゅん》。

HRの時間、担任の先生のひと言で教室内はワッと盛りあがった。

今はまだ入学当初の座席。

出席番号順で並んでいるから、あたしは真ん中列の一番後ろの席。

気に入ってるし、席替えするのは気が進まないなぁ。

もうすぐ二カ月ともなると、クラスの人のことがだいたいわかってきて、なんとなく合いそうな人、合わなそうな人……というものも見えてくる。

目立つグループの女の子たちは、クラスの男の子たちと遊びに行ったりもしているようで、たびたびそんな会話が聞こえてくる。

このクラスに一年間いても、あたしとは関《かか》わることのない人たちだろうな。

中学のときみたいに陰口を言われているわけじゃないけど、目立つ子たちにはどうしても苦手意識を持ってしまう。

今の席は周りの環境も悪くないし、すごく居心地《いごこち》がよかった。

できれば、また静かに過ごせる席がいいんだけどなぁ。

「近くになりたいね～」

あたしより四つ前の席に座る伊織ちゃんが、振りむいて口パクで伝えてきた内容にうなずく。

伊織ちゃんと近くの席になったら、もっともっと学校生活が楽しくなるのに。

そんなことを考えている間に、端《はし》から順番にくじ引きが始まった。

いい席に当たりますように……！

自分の順番が来て、祈《いの》りを込めながら、箱に入っている紙を一枚引く。

「美紗、何番だった？」

「ちょっと待って、今見てみるから」

伊織ちゃんが駆けよってきてあたしの手もとをのぞく。

「えーっとね、二十番」

「嘘っ！　あたし十三番だから前後だよ⁉」

「ほんとにっ⁉」

黒板を見ると、机に見立てた絵があって、その中にランダムに番号が書かれている。

伊織ちゃんの言う通り、十三番と二十番は前後だった。

「きゃあ〜」

「やったぁ〜」

あたしたちは手を取って飛びはねて喜びあう。

しかも、二十番は窓際《まどぎわ》の一番後ろという特等席。

あたしってツイてるかも。

「じゃあ、番号のところに移動しろー」

くじ引きが終わり、担任の声でみんなが机を移動させる。

「わ〜、これからはいつもこうやっておしゃべりできるね」

振り返ってニコリと笑う伊織ちゃん。

「うんっ！」

もう隣の男の子なんて誰でもいい。

伊織ちゃんさえ前にいてくれればそれで十分だもん。

いつも休み時間はどちらかの席でおしゃべりしていたけど、これからは移動しなくてもおしゃべりできるなんて幸せすぎる。

こんな楽しい学校生活を自分が送れるなんて想像もしてなかった。

……世の中、つらいことばっかりじゃないよね。

蒼くんや陽菜ちゃんがふつうの生活を取りもどしているように、あたしも少し遅い青春を楽しめたりするのかな。

どこかで見てるお兄ちゃんが、力を貸してくれているのかも。

お兄ちゃん、ありがとう……。

「あ、凜太朗くんそこなの？」

伊織ちゃんの声で我に返った。

その視線は、あたしの横で……。

「ああ、よろしく」

その声に目を向けると、あたしの隣に久我くんが机をセットしているところだった。

「永井も、よろしく」

伊織ちゃんに向けられていた目が、あたしに移る。

「よ、よろしく」

隣、久我くんなんだ。

クラスの男の子とはほとんどしゃべったことがないけど、久我くんはちがう。

委員会も一緒だし、伊織ちゃんによくちょっかいを出している工藤くんと仲よしなせいか、会話で絡むことがたまにある。

だからって、あたしと久我くんの仲がいいのかといえば、ちがうけど。

少しは話せる人が隣で、安心した。

「よかった、この席で」

「ん？」

足を投げだして椅子に座った久我くんがポツリとそんなことを言うから、彼もあたしと同じように感じたのかな、なんて思ったけど。

「一番うしろだし」

さらっと言われて、拍子抜けした。

「あ……そ、そうだよね」

久我くんは今まで一番前の席だったからこの席でよかったってことで、べつにあたしが隣だからどうってこともないよね。

久我くんが女の子から話しかけられているのをよく見るけど、積極的に自分から会話に参加しないところは、口数が少なそうだと思った第一印象のまま。

むしろ、面倒くさそうに思える。そんな態度取っちゃって、関係ないあたしの胸が痛むくらい。

ふつう女の子たちに囲まれたら、うれしくてしょうがないと思うんだけど。

自分がモテてるオーラを出している男の子はわかりやすくいたりもするけど、久我くんはそういうタイプじゃない。モテてることも自覚してなさそう。

もしかして、鈍感《どんかん》なのかな？

そんなことを勝手に想像していると、久我くんがパッとこっちを向いて目が合った。

なんだか気まずく思いながら、怪《あや》しく前髪を直してみたりしたあたしに。

「俺、気づかないうちに意識失ってることあるから、そんときはよろしく」

「ええっ？」

突然そんなお願いをされて面食らう。

意識失うって、一大事じゃない？　久我くんて、持病があるの？　大丈夫……？

なんとなく人ごとじゃない、と不安になったとき。

「どうしたの？」

「へ……？」

「そんな悲壮な顔して」

軽く言う久我くんの顔は、ひょうひょうとしていた。

反対にあたしは、たしかに今険しい顔をしてるかも。

「だ、だって……意識失うって……」

すこし困惑しながらそう言うと、久我くんは一瞬真顔になったあと、プッとふき出した。

「気づかないうちに寝《ね》てることがあるから、起こしてってって意味」

「あっ！」

なるほど。そういうことか。……やられた。

「やっぱ、永井っておもしれーわ」

久我くんは、前にも言ってきたセリフを口にしながらクスクスと笑っている。

は、恥ずかしいっ。

だって言い方が悪いよ、言い方が。

そんなこと言われちゃったら心配するって。

「ひ、ひどいよっ」

わずかばかりの抵抗《ていこう》で、笑われたことに対していつになく語気を強める。

「ごめんごめん」

すると久我くんは、笑いを噛み殺して穏《おだ》やかな表情になった。

「永井って、優しいんだな」

かけられた言葉に、固まってしまった。

優しいって……。

そんなの面と向かって男の子に言われて、どんなリアクション取ったらいいの？

「俺、マジで寝ちゃってやばいから、たいてい周りにはそう言ってきたんだけど、そんな反応されたの初めてで逆にびっくりした」

「………」

「そんな素直に受け取るなんて思わなかったから。なんか、悪かったな」

「うっ、ううん」

久我くんはバツが悪そうに言うけど、あたしはお兄ちゃんのことがあるから、人よりそういうことに敏感なだけ。

だけどこの場合、あたしは〝優しい〟んじゃなくて、〝つまんない子〟って思われてもおかしくない。

『冗談《じょうだん》も通じねえの？』ってバカにされてもおかしくないやり取り。

それを優しいと捉《とら》えてくれた久我くんは、むしろなんて優しい人なんだろうって思うよ。

「お前ら、ずりーぞ！」

そのとき、大声を出しながら近寄ってきたのは工藤くん。

彼の勢いに驚いたのか、伊織ちゃんの隣の席の男の子が飛びあがるように立って席を離れた。

すでに休み時間に入っていたようで、教室内はざわざわしている。

チャイム、気づかなかった……。

「なに仲よく固まってんだよー」

当然のように空いた席に座る工藤くんは、口を尖らせた。

工藤くんの新しい席は教卓の目の前。

ものすごく不満そう。……あたりまえか。

「絢斗、かなりくじ運いいね〜」

伊織ちゃんは工藤くんの席をわかっているみたいで、そんな皮肉を言う。

「うるせーなー。ここ誰の席？」

「赤井《あかい》くんだよ」

「じゃあ赤井に替わってもらおうかな」

まるで冗談とは思えないその口ぶりに、思わず笑ってしまった。

「ダメだからね。絢斗が言ったらほんとに赤井くん替わってくれちゃいそうだし」

伊織ちゃんが、しっかり念押しする。

赤井くんは静かな男の子だから、工藤くんに言われたら素直に従っちゃいそうだもんね。

「はぁ〜〜〜」

頭を抱えているところを見ると、よっぽど新しい席がイヤみたい。

気持ちはわかるけど……これぱっかりはどうにもできない。

次の席替えを待つしかないよね。

「じゃー凜太朗、替わってくれよ」

「イヤだよ。こんないい席、誰が替わるかよ」

うんうん。一番うしろだもんね。

「だよなー、隣が美紗ちゃんだしなー」

工藤くんってば、なに言ってるんだろう。

あたしが隣だからって、なにも楽しいことはないのに。

「はぁ？　なに言ってんだよ」

久我くんもあきれ顔。

だよね。そう言うのは当然だよね。

「これから誰が起こしてくれるんだよ。いつも俺が優ーしく起こしてやってたんだから怒られてなかったんだぞ」

「どこが優ーしく、だよ。うしろから椅子の脚蹴《け》ってただけのくせに」

「俺の恩を～！　これからは起こしてくれるヤツなんていねーんだからな！　凜太朗なんて、先生に怒られちまえ！」

相変わらずおもしろいふたりのやり取りを、笑いながら見ていると。

「それなら大丈夫。永井が起こしてくれるから」

突然あたしの名前が飛び出すからドキッとした。

……たしかに、そんな話はしたけど。

「お前っ、光の速さで美紗ちゃんに乗りかえたな！」

乗りかえた、だなんて。工藤くんは大げさなんだから。

話の内容を知らない人が聞いたら誤解されちゃいそうな表現だよ。

「美紗ちゃんこいつのこと起こすとき、頭はたくとか輪ゴム飛ばすとか好きなようにやってくれていいから」

「あはっ、ははははっ」

暴走気味の彼に、あたしが苦笑いしかできないでいると。

「永井はそんなことしねーよ。なっ」

「えっと……うん」

もちろん、そんなひどい起こし方をする予定もないし。

あたしの性格を理解してくれてるのかな？　そうだとしたら、なんかうれしい。

「ふ〜ん、美紗ちゃんも凜太朗に落ちたのか」

「え？」

なにを納得したのか、勝手にそうまとめる工藤くん。

「なんでこいつはこんなに無愛想なのにモテんだよ。ほんっと不公平だよな〜」

「く、工藤くん？」

ねえ、もしかしてあたしが久我くんを好きだとか誤解してる？

「ちょっとー、美紗をいじめないでよね！」

慌てふためくあたしに伊織ちゃんがフォローを入れてくれるけど、工藤くんはニヤニヤしていて、わかってるんだかどうだか。

わいわいと騒がしいこのスペースは、教室内である意味目立っていた。

なんだか不思議な気分。

今まで、こんなにぎやかな輪の中にいる自分なんて想像できなかったから。

前は伊織ちゃん、隣は久我くん。きっと、楽しい毎日が待っている。

そんな期待に、ひそかに胸が高鳴った。


「ああ……難しいな……」

あたしは自分の部屋で、教科書を広げながら頭を抱えていた。

明日の予習をしているんだけど、新しい単元だし、解説を読んでいるだけだとさっぱりわからない。

桜園高校は進学校だから、予習や復習をしっかりするのは基本中の基本。

中学時代は学年でトップクラスだったとしても、桜園はそんな人たちの集まりなのだから、気をゆるめたらどんどん成績は落ちてしまうだろう。

あたしは部活をしていない。つまり、人よりはものすごく時間がある。

そんなあたしが成績を落とすわけにいかないもんね。

わからないところは蒼くんに教えてもらおうかな……会う口実にもなるし。

なーんて甘《あま》い考えが頭をよぎるけど、ダメダメ。

蒼くんはバスケをがんばり始めたところなんだし、人に勉強を教えてる余裕なんかないよね。

部活をしながら勉強も両立していて、すごいなぁ……。

そしたら、久我くんや工藤くんだって同じだ。

朝練もあって、毎日遅くまで部活をして大変なのに、授業中に当てられればしっかり答えている。きっと、みんな努力家なんだと思う。

桜園に入ったからには、ある程度難関の大学も目指しているだろう。

将来の目標だって、高いところに定めているのかもしれない。

その中で、ハードな部活に籍《せき》を置くなんてもう尊敬しかない。

土日は練習試合で遠征《えんせい》が多いみたいだし、いつ勉強してるんだろう。……謎《なぞ》。

六月に入り、学校生活にはすっかり慣れた。

伊織ちゃんとは相変わらず仲よくできてるし、そこに工藤くんが絡んできて、工藤くんと仲よしの久我くんも交ざって話すことがよくある。

久我くんが女の子と話しているのを見ることはほとんどない。

だから、あたしと久我くんは仲がいいと思われているみたい。

『久我くんって、彼女いるか知ってる？』なんて、この間クラスの女の子に聞かれてびっくりした。そこまで突っこんだ話なんてしたことないもん。

だからって『久我くんに聞いといて』って言われたわけでもないから、聞く義理もないと思ってそのままにしているけど、興味がないと言ったら嘘になる。

久我くんくらいの人、中学時代から付き合っている女の子がいても不思議じゃないし。

イケメンぞろいと言われているバスケ部に所属していれば目立つのは必然。

今いなくても、彼女ができるのは時間の問題じゃないかな。

「あ、修正テープ切れちゃった」

ペンで書いたまちがいの箇所《かしょ》に修正テープを引っぱっていたら、途中で切れてしまった。

たしか、替えのテープを用意していたはず。

どこにしまったっけ、と机の引き出しを開ける。

「あ……」

目に飛びこんできたのは、青いハンカチ。

受験の日に、名前もわからない男の子が貸してくれたものだ。

男ものだし、なんとなく家の洗濯《せんたく》に出すのがためらわれて、手洗いして自分の部屋で干して、そのまま机の引き出しにしまっておいたんだ。

忘れていたわけじゃない。だからといって、返せるあてなんてまったくなかった。

名前はおろか、顔だって涙でにじんでいた視界のせいでまったくわからない。

そもそも、桜園に入学してない可能性だって十分ありえる。

唯一の手がかりは、彼が着ていた制服。この辺ではめずらしい学ランだった。

でも、私立の高校だからいろいろな学区から来ているだろうし。

中学時代の制服を聞いて回るなんてこと、あたしには到底ムリ。

「返すのは無理かなぁ……」

ハンカチを眺めていると。

――コンコン。

部屋のドアがノックされ、慌てて引き出しを押し戻した。

「はーい」

返事をすると、お姉ちゃんが入ってきた。

「勉強中だった？」

ごめんね、と優しく笑うお姉ちゃんは、大学四年生。

教育学部に通っていて、未来の小学校の先生。

優しくて子どもも好きなお姉ちゃんにぴったりな職業だ。

中学生のころから教師になる夢を描《えが》いていたお姉ちゃんとはちがい、あたしの夢はまだ模索中《もさくちゅう》。

「ううん、ちょうど休憩《きゅうけい》してたところだから大丈夫だよ」

「そう、ならよかった。お友達がお土産くれたの。食べる？」

見せられたそれは、北海道のお土産で有名なチョコレートだった。

「わぁっ！　食べる食べる！」

思わずはしゃいだ声を出してしまう。

「美紗、チョコレート大好きだもんね」

お姉ちゃんは、〝やっぱり〟という顔でチョコレートを机の上に置くと、ベッドに腰《こし》かけた。

「ありがとう！　いただきまーす」

包みを開けてさっそく口へ放りこむと、滑《なめ》らかな触感のチョコレートはすぐに舌の上で溶《と》けた。

「んんっ！　おいしいっ！」

このチョコレート、雑誌のお土産ランキングでも常に上位に入っているから、いちどは食べてみたかったんだ。

すぐになくなっちゃうのがもったいなくて、ゆっくり味わう。

お姉ちゃんは、地方から来ている大学の友達がくれる貴重なお土産を、こうしていつもあたしに分けてくれる。ほんとに優しい。

「よかった、喜んでくれて」

優しく微笑む六つちがいのお姉ちゃんとは、ケンカなんかした記憶もない。

妹のあたしから見ても綺麗で優しくて優秀で、憧れの姉。

大人っぽい蒼くんと並んでいると、恋人同士に見えるほど。

ふたりでお兄ちゃんの病院へ行き来していることもあったし、端から見たら絶対にまちがわれたりしていたと思う。

そう考えると、あたしと蒼くんなんてまったくつりあわないよなぁ。

「学校、楽しそうね」

「へ？」

しみじみ言われて、口の動きが止まる。

「お母さんも言ってたわよ。美紗が学校楽しそうでよかったって」

……え。

目を見開いたあたしとは反対に、お姉ちゃんは目を細める。

「最近の美紗、よく笑ってるから」

言いかえれば、あたしには今まで笑顔がなかったってことで。

それは自分でも自覚していた。

友達もいなくて、お兄ちゃんも病気で……あたしが笑顔になれる要素なんてひとつもなかった。

「うん。楽しいよ」

伊織ちゃん、そして工藤くんや久我くんのおかげで、中学のときとは見ちがえる学校生活を送れている。

そんなに学校の話をしているわけじゃないけど、お母さんもお姉ちゃんもあたしの変化に気づいてくれていたんだ。……なんだか、うれしい。

「それに、蒼くんもいるから……」

そう付け足すと、ニコニコしていたお姉ちゃんの顔が、一瞬曇《くも》ったような気がした。

蒼くんへの想いをお姉ちゃんに打ちあけたことはないけど、薄々気づかれていると思っている。

でも、今の表情を見てはっきりした。お姉ちゃんは気づいてるということ。

……そして、それをよく思っていないことも。

「蒼くんは、優しいわよね」

お姉ちゃんが、一文字一文字を噛みしめるように言う。

あたしに向けられている優しさは、決して恋愛感情ではないと伝えるように。

「でも、いつまでも蒼くんに甘えてばかりいたらよくないと思うの」

……わかってるよ。

下を向いて、グッと唇《くちびる》を噛みしめる。

蒼くんを、いつまでもお兄ちゃん……〝永井家〟に縛ってはいけない。

お姉ちゃんが言いたいのは、そういうことでしょ……？

優しい蒼くんは、お兄ちゃんの妹であるあたしのことを、お兄ちゃんが亡くなった今でも気にかけてくれている。

いつもお兄ちゃんはあたしのことを『危なっかしくて放っておけない』なんて言ってたし。

あたしは、蒼くんの優しさに甘えてるのかな……。

「蒼くんには、蒼くんの人生を歩んでほしいから」

お兄ちゃんに最期の最期まで尽《つ》くしてくれた蒼くんの幸せは、家族全員の思い。

それはあたしだって同じだけど。

好きなんだからしょうがない。

妹みたいなあたしが好きだなんて告げたら、蒼くんはとまどっちゃうよね。

だからって、お兄ちゃんのためとか、そんな理由で万が一気持ちに応えてくれたとして蒼くんが好きで。

お兄ちゃんの妹としてじゃなく、ひとりの女の子として見てほしい。

おなじように、ひとりの女の子として見てほしい。

「ごめんね、こんなこと言って」

「……ううん」

「でも……。これは、美紗のために言ってるの」

「あたしのため……?」

蒼くんを自由にするためじゃなくて?

どうして? 蒼くんを好きでいたらダメな理由でもあるの?

そんなこと言われたら、ますますあきらめられないよ……。

あたしの問いに答えることなく、お姉ちゃんはあたしをじっと見つめたまま。

どことなく、部屋の空気が張りつめたとき。

――くううううん……。

少し開いていた扉《とびら》から、マロが部屋に入ってきた。

なにかにすがりたかったあたしは、とっさにマロを抱きあげた。

うちの家族になったときは赤ちゃんだったマロも、今では立派な成犬。

でも、小さくてふわふわしててかわいいのはあのころのまんま。

マロをぎゅっと抱きしめてよぎるのは、お兄ちゃんのこと。
……マロは、一番お兄ちゃんに懐いていたから。
こんなとき、お兄ちゃんならなんて言ったかな。
きっと、あたしの恋を応援してくれてたよね……？
「お姉ちゃん、美紗にはずっと笑顔でいてほしいな」
意味深な言葉を残して、お姉ちゃんは部屋を出ていった。
……なんだか、様子が変だったな。
あたしはずっと笑顔でいるのに。
みんながいてくれるから。……蒼くんがいてくれるから。
この恋で、たとえあたしが傷ついたって構わない。
自らこの想いを手放す方が、苦しいに決まってる。
お姉ちゃんの言葉の真意がわからないあたしは、このとき、本気でそう思っていた。

止まらない想い

伊織ちゃんの様子が少しおかしいな、と感じたのはここ二、三日のこと。

後ろの席から眺める伊織ちゃんは、ぼーっと窓の外を見ていたり。

ふたりで一緒にいるときも、はーっ……と深くため息をついたり。

どうしたんだろう。

伊織ちゃんからなにかを言ってくることはないけど、友達として気になる。

思いきって聞いてみることにした。

「伊織ちゃん、最近なにかあった？」

「えっ！」

ギクッとする伊織ちゃんはわかりやすい。

伊織ちゃんって、絶対に隠し事ができないタイプだよね。

そんな素直なところも大好き。

「あたしでよかったら、相談にのるよ」

伊織ちゃんの力になりたいから。

余計なお節介《せっかい》かなとも思ったけど、伊織ちゃんは優しく微笑んでから口を開いた。

「実はね、郁人先輩に告白されたの……」

「ええっ！　そっか、郁人先輩に……」

伊織ちゃんが話してくれたのは、ある程度想定内の出来事だった。

伊織ちゃんは、自分から恋愛相談をしてくるタイプじゃないし、悩《なや》んでいるとすればそれもアリだと思っていたから。

「伊織ちゃんのこと、ほんとに大好きなんだね」

やっぱり、今でも郁人先輩は伊織ちゃんが好きだったんだ。

ずっと思い続けていたなんて、すごいなぁ。

蒼くんに五年間片想いしているあたしは、ひとごととは思えない。

「返事は急がないからって言われてるんだけど、だからこそどうすればいいかわからなくて」

伊織ちゃんは困ったように眉根《まゆね》を下げる。

二年も待って、返事は急がないって。郁人先輩の想いの強さに心を打たれる。

卒業して離れ離れになったのに、二年後に同じ高校に好きな子が入学してくるなんて、郁人先輩からしたら運命に思えちゃったにちがいない。

「伊織ちゃんは、郁人先輩のことどう思ってるの？」

「優しくて、頼りがいがあって、男らしくて、素敵な人だと思う」

迷いもなく、さらっといいところばかりを並べる伊織ちゃん。

そこにはまだ恋愛感情があるようには見えないけど、そこまで完璧《かんぺき》な人で、伊織ちゃんもそう思っているなら、付き合うにはなにも問題ないように思える。

「だったら、真剣に考えてみたらどうかな？」

少し前向きになっている伊織ちゃんの背中を押す。

工藤くんの話だと、伊織ちゃんは今までも相当モテてきたみたい。

特別好きな人がいるわけでもないのに、誰とも付き合わないのはどうしてだろう？

告白されたときに好きじゃなくても、付き合ってから自然と好きになっていくっていう話もよく聞くし。

そもそも、付き合うときにお互い両想いの方が奇跡《きせき》だよ。

誰でもいいから付き合っちゃいなよとは思わないけど、そんなにいい人なら、断る理由もない気がする。

「だろー？　美紗ちゃんもそう思うだろー？」

いきなりあたしの意見に賛同してきたのは工藤くん。

赤井くんの机に腰をのっけながら、女子トークに首を突っこんできたのだ。

……いつの間に。

工藤くんは、こうやって突然やってくるからいつもびっくりする。

おちおち、恋バナもしてられないよ……。

「なー。郁人先輩と付き合っちゃえよー」

「ちょっと、盗《ぬす》み聞きしてたの？」

「人聞きの悪いこと言うなって。声がデカくて聞こえたんだよ」

悪気もなさそうに、持っていたパックのコーヒーのストローを吸いあげる。

そんなに大きな声で話してたかな。恋バナだし、小声でしてたつもりなのに。

いつもそうだけど、工藤くんがあたしたちの話に耳をそばだてているとしか思えない。

「郁人先輩、ストイックすぎて参ってんだよ。だから、彼女できたらちょっとはゆるくなるかなって期待できるだろ？」

「えー？　そんな理由で付き合えっていうの？」

「そんな理由!?　マジ切実なんだよ！」

そう訴《うった》える工藤くんが真剣すぎてちょっとおもしろい。

まぁ……あたしからしても、〝そんな理由〟なんだけど。

「彼女持ちの先輩ってそこそこ余裕あるし、やっぱ彼女の力ってデカいと思うんだよなー。自分に厳しいのは尊敬するけど、それを俺らにも強要するのはナンセンス。郁人先輩に足りないのは、ゆとりなんだよ！」

よっぽど練習がつらいのか、かなりの力説。

郁人先輩を勧《すす》めるのはいいけど、練習をゆるくするためにっていうのはどうかと思うよ。

「そういう絢斗はどうなの？　一組の高木《たかぎ》さんだっけ？　告白されたんでしょ」

お返しのように問いつめる伊織ちゃんの話は、初めて知るものだった。

高木さんは、テニス部に所属するポニーテールがよく似合う笑顔のかわいい子。

男子の中でも人気がある、なんてウワサになっている子だ。

工藤くんが、そんな子から告白されてたなんて！

隅に置けないなぁ。

「絢斗も相変わらずモテるよね。あの子顔もかわいいけど性格もすごくよさそうだし、絢斗が彼女にするなんてもったいないくらいだよ」

笑いながら言った伊織ちゃんとは反対に、工藤くんは真顔で答えた。

「付き合わねーし」

「え、振っちゃったの？」

伊織ちゃんの驚きの声に、工藤くんは首を縦に振る。

「えっ」

あたしも驚く。

あんなかわいい子でも振られちゃうことがあるんだ……って。

百発百中の恋をしてそうなのに。

まぁ、工藤くんに好きな子がいたりしたら当然なんだけどね。

いくら完璧な人だとしても、それが恋愛の難しいところ。

現に、完璧な郁人先輩だって、何年も好きな子に振りむいてもらえていないんだし。

「えー、高木さん振るなんて、絢斗バチあたるよ」

「うるせえなあ。俺は今彼女とかいらないんだよ」

「人には付き合いなって言うくせに？」

「俺は俺、伊織とはべつ」

「ふっ」

そんなふたりのやり取りに割りこんできたのは、久我くんの笑い声。

工藤くんと一緒に戻ってきていたのか、自分の席に座ってコーヒーを飲む久我くんは、ちょっとあきれたような顔をしていた。

久我くんは、思いもよらないところから笑いを投下してくることがよくある。

これにも結構びっくりさせられるんだ。

「あ？」

工藤くんは、眉を寄せて反応する。なにがおかしいのか問うように。

「どっちもどっちだな」

独り言のようにつぶやいた久我くんは、伊織ちゃんと工藤くんの顔を交互《こうご》に見る。

ふたりはお互いに顔を見合わせてハテナ顔。

「どーゆー意味だよ」

「そのまんまだよ」

突っかかる工藤くんに、久我くんが意味深に笑う。

どういう意味だろう？　あたしもわからないんだけど……。

「絢斗〜、凜太朗〜」

そのとき、この不思議な空気を壊《こわ》すような声が響《ひび》いた。

——トクンッ……。

まさか……この声は。

だけど、好きな人の声を聞きまちがえるわけない。

引きよせられるように声の元へ顔を向けると、そこにはやっぱり愛しい人の姿があった。

「蒼先輩!?　どうしたんっすか？」

先輩がわざわざ来たのに驚いたのか、工藤くんと久我くんは立ちあがって目を丸くする。

蒼くんは教室に入ってきてここまで来ると、ふたりにプリントを渡《わた》した。

「これ、名前書いて提出してだって」

「言ってもらえたら、俺らの方から取りに行きましたよ～」

「八木《やぎ》ちゃん、俺の担任だからさ」

バスケ部の顧問《こもん》の八木先生は、蒼くんのクラス担任なんだ……。

それじゃあこき使われちゃうか。

「わざわざすみません」

久我くんもぺこりと頭を下げて、プリントを受け取る。

ふたりはさっそくプリントの内容に目を落とし、シャーペンを走らせる。

……カッコいいなぁ。

ちょっと着崩した制服は、だらしないのとはちがって、とってもオシャレ。

すらっとした長身の体から伸びる長い手足は、まるでモデルのよう。

クラスの女の子たちもイケメン先輩の登場に、頬を染めながらきゃあきゃあ言っている。すごい人気だなぁ……。

複雑な気持ちだけど、誰から見てもイケメンなのには変わりないから仕方ない。

あたしだって、蒼くんの笑顔に一発でやられたんだから……。

「美紗」

ぽーっと見とれていると、その目があたしをとらえた。

――ドキッ。

「あ、蒼くんっ。わざわざ大変だね」

う、うれしい……。

こうやってふいに会える瞬間が、たまらなく幸せ。

同じ学校に通えてほんとによかった。

「俺さ、今年入部したからパシリなんだよ」

参ったなーなんて言って笑う蒼くん。

「人使い荒《あら》い先生なんだね」

口ではそう言いながらも。

……八木先生、蒼くんをパシらせてくれてありがとうございます。

心の中で八木先生に感謝する。

蒼くんにとっては災難でも、おかげであたしは蒼くんに会えたんだもん。

「美紗これ好きだっただろ？」

すると、蒼くんがなにかを差し出した。

……なんだろう？

「コンビニで見つけたんだ。復刻版だって」

それは、あたしが小学生のときに好きでよく食べていた桃《もも》のグミ。

期間限定で発売されていたものだった。

「えっ、嘘っ！　うれしいっ！」

あたしは椅子からガバッと立ちあがる。

桃のグミはあたしの大好物。

あまりにグミばっかり買うから家にたくさんあって、蒼くんが家に遊びに来たときに、お母さんがおやつとして出していたりもした。

蒼くんがグミをくれたこともそうだし。あたしの好きなものを覚えててくれたことがなによりもうれしい。

「ありがとう！」

両手でそれを受け取ると、

「じゃーな」

笑顔を残して、蒼くんは去っていった。

わ〜、幸せすぎるなぁ。

放課後、帰り支度をしながら、ポケットに忍《しの》ばせたグミを取り出す。

あれから、何度こうやって取り出して眺めてるかな。

何回見てもニヤニヤしちゃう。

いつまでもそれを眺めていると、ふいに真横に影ができた。

「好きなの？」

見ると、頭一つ分高い久我くんがあたしを見下ろしていた。

あ……。隣の久我くんには、あたしのそんな行動をばっちり見られていたのかも。

そんな彼に、グミのパッケージを見せる。

「うんっ、果肉が入っててておいしいの。あ、久我くんもよかったらひとつ……」

「じゃなくて、蒼先輩のこと」

袋《ふくろ》を開けようとした手が止まり、あたしは固まる。

え……。好きって…、蒼先輩のことって……。

――バクンッバクンッ。

心臓がびっくりして、大きく鼓動を奏で始める。

そんなあたしの目の前で、答えを待つように久我くんの目があたしを射《い》貫《ぬ》く。

「な、なんでっ……」

動揺を隠せない。

そうですと言っているようなものだけど、あまりの不意打ちにかわす術《すべ》もない。

「見てればわかるし」

見てれば……って。そんなにバレバレだったかな。

「好きなんだろ？」

「……っ」

ど、どうしよう……。

そんなわけないじゃん……って、軽く言えたらいいのに。

ダメ押しのように告げるそれに、素直に反応しちゃうあたし。

久我くんの洞察力《どうさつりょく》がすごいのか、あたしの態度があからさまなのか。

どっちにしても、誰かに心の内が見られるのってほんとに恥ずかしい。

好きな人のことならなおさら。

素直に反応しちゃう自分が悔しいよ……。

「だったらさ、兄貴にどうにかしてもらえばいいんじゃないの？」

「え……？」

お兄ちゃん？

思わぬ言葉に、時が止まった気がした。

どうしてそこにお兄ちゃんが出てくるの……。

意味がわからないままにも、自分の顔が真顔になっていくのがわかる。

「蒼先輩、兄貴の友達なんだろ?」

「あ……」

そういえば、そんなこと言ったっけ……。

「兄貴は知ってんの?」

「え、と……」

まさかそんなことを言われるとは夢にも思ってなくて、答えに困ってしまう。

だって、そのお兄ちゃんは、もういないんだから。

痛い……胸の奥が、痛い……。

「親友の妹とか、結構脈アリなんじゃないの?」

知らないんだから、悪くない。久我くんは、まったく悪くない。

「そんなに好きなら、兄貴に取り持ってもらえばいいのに」

けど、久我くんが、〝兄貴〟と繰り返すたびに。

胸が苦しくなって、呼吸ができないの……。

この間、学食で伊織ちゃんにお兄ちゃんの話題を振られたときと同じ。

ううん。今日はそれ以上に苦しくて……。

「……っ」

「……永井?」

久我くんが呼ぶ声が、どこか遠くに聞こえる。

「おいっ、永井！」

そして、目の前が真っ暗になった。


気がつくと、あたしはベッドの上だった。

でも、自分の部屋じゃない。

窓の外に映る景色を見て状況を考える。

広がるグラウンド。青々した木々。

ここは学校……？

ということは……保健室……？

「美紗、気づいた？」

声にハッとすると、心配そうにあたしの顔をのぞきこむ蒼くんの顔が間近にせまっていた。

どうしてここに蒼くんが？

状況が理解できなくて、パニックになる。

「大丈夫か？」

とっさに布団を口もとまで引きあげたあたしに、心配そうな声が振ってきた。

その瞳の奥には、不安の色が混じっている。

高校生になってから、こんな蒼くんの瞳を見るのは初めて。

「倒《たお》れたって聞いて、びっくりした……」

不安げに揺れる瞳は、いつかの蒼くんを彷彿《ほうふつ》とさせる。

お兄ちゃんのことで、さんざん蒼くんには心配をかけてきたのに。

あたしのせいで、またこんな表情を蒼くんにさせているのかと思うと、自分が腹立《はらだ》たしい。

「だ、大丈夫っ！」

はっきり言って、自分でもなにが起こったのかわからない。

具合が悪かったわけでもないし……ただ、久我くんと教室で話していたら苦しくなって……どういうわけか、ここにいる。

でも今は、なんともない。苦しいわけでも、頭が痛いわけでもない。

蒼くんに心配をかけたくなくて体を起こすと、背中に手を添えてくれた。

「ほんとに大丈夫か？」

お兄ちゃんが病気をしたから、あたしまでなにかあるんじゃないかって心配してくれてるんだと思う。蒼くんは、すごく優しい人だから。

「うん、大丈夫」

部活の練習着に身を包んでいる蒼くん。

きっと部活に出ていたんだろうけど、工藤くんあたりから聞いて、駆けつけてくれたのかと思うとすごく申し訳ない。

「蒼くんありがとう。心配かけてごめんね。あたしはもう大丈夫だから、蒼くんは部活に行って？」

時計を見れば、五時を過ぎている。

いつからいてくれたのかわからないけど、部活まっただ中のはず。

「いや、俺はもうこのまま美紗と一緒に帰るよ」

当たり前のように言う蒼くんに、あたしは目を見開いた。

「えっ？　だって、部活は？」

「いいよ、今日くらい休んだって」

「ダメだよ！」

久我くんが、一日だって休むのを惜《お》しんでいたくらい。

二年生から入部した蒼くんは、休んでる暇なんてないはず。

みんなに追いつくために、きっと人の倍は練習をしている。

蒼くんはそんな人だもん。

「四月からバスケづけだったから、たまにはリフレッシュしたいなーって思ってたとこなんだよ」

……そんなの嘘だ。バスケが大好きでたまらないでしょ？

復活できた喜びが体じゅうからあふれてるの、見てればわかるよ。

「……蒼くん」

「だから、俺も帰る」

それでもその嘘がうれしくて、受けいれてしまうあたしはズルいのかもしれない。

蒼くんと一緒にいたい気持ちは、なににも代えがたいものだから。

親友の妹として、あたしを気にかけてくれているのはわかってる。

あたしに、恋愛感情なんて一ミリも持ってないことも。

それでも。

蒼くんの優しさは、あたしが笑顔でいられる理由。

「じゃあ、俺着替えてくるから昇降口で待ってて」

だから、そう言って保健室を出ていく蒼くんを、黙って見送るしかできなかった。

外は、いつもと変わらず部活動をする生徒で賑わっていた。

そんな光景を眺めながら蒼くんを待っていると、Tシャツにハーフパンツ姿の背の高い集団を見つける。……バスケ部だ。一年生が学校の周りを走っているみたい。

まずは体力づくりのため、週の半分は走らされてばっかりなんだよって、工藤くんが言ってたっけ。

『好きなんだろ？』

さっき教室で久我くんに言われた言葉がよみがえった。

あたしが蒼くんを好きなこと、いつバレたんだろう。

もしかして、学食で初めて話した日から気づいてたの……？

人には無関心な感じがするのに、観察力はピカイチなのかな。

ああ……明日から、久我くんとどう接すればいい？

恥ずかしすぎて顔を合わせられないよ。なのに席は隣だし。困ったなぁ。

冷やかしてくるタイプには見えないけど、さっきの久我くんは、意外にもグイグイ突っこんできてたっけ。兄貴に協力してもらえば？みたいに言われて。

そうだ。兄貴……って言葉を連呼されて、あたし、呼吸が苦しくなったんだ。

ドキドキしていた気持ちが、一瞬で切り替わる。

あたし、お兄ちゃんのことを人に触れられると、自分でもよくわからない感情に襲われる気がする。

蒼くんと話しているときは、べつ。

お兄ちゃんのことを話せていない人に触れられて、どう答えていいかわからないと同時に、寂しさ、悲しさが生まれて、気持ちが追いついていかないんだ……。

「お待たせ」

制服姿に戻った蒼くんが、小走りでやってきた。

――ドキッ。

第二ボタンまで開襟《かいきん》した胸もとでゆるく結んだネクタイ。

無造作だけど、決まっている栗色《くりいろ》の髪。

切れ長だけど優しさを携《たずさ》えた瞳に、口角の上がった薄い唇。

蒼くんをかたどるそのすべてが、愛おしくてたまらないよ。

「……美紗？」

「あ、ごめんっ……」

なにしてるんだろう、あたし。本人を目の前に見とれるなんて。

慌てて意識をこの場に戻し、歩き出した蒼くんに並ぶ。

「凛太朗！」

すると蒼くんが突然叫んだからびっくりした。

どうして久我くんの名前を⁉と思っていると、あたしの目の前にちょうど久我くんが走ってきていて、蒼くんがそんな彼を捕《つか》まえたのだ。

「蒼先輩っ⁉」

呼ばれた久我くんは、驚いた表情で足踏みしたまま蒼くんの言葉に耳を傾《かたむ》ける。

「俺、今日はこのまま美紗送って帰るから。部活休むって部長に伝えといてくれる？」

「はいっ……わかりましたっ……」

呼吸を乱しながら返事をした久我くんと、チラッと目が合う。

でもなんとなく、目をそらしてしまった。

だって……恥ずかしくて……。

「行こう、美紗」

「う、うんっ……」

顔を上げると、もうそこに久我くんはいなかった。

振り返ると、再び走りだした久我くんの背中が見えて……あたしはそのまま蒼くんと肩を並べて学校を出た。

電車を降りたところまででいいって言ったのに、蒼くんは、ちゃんと家の前まで送ってくれた。

そして、「遥輝とも話したいから」って、久しぶりにうちへも上がっていった。

お母さんはすごく喜んじゃって、「夕飯を食べていって」なんて引き留めて。

息子を亡くしたお母さんは、蒼くんもほんとの息子みたいな気がするのかもしれないな……。
そんなお母さんの気持ちを汲《く》んで、遅くまで話し相手をしてくれた蒼くん。
お母さんもうれしかっただろうけど、あたしもうれしかった。

優しさにキュン

翌日。登校したあたしは、にぎわう教室でひとり、席に座っていた。

ほとんどの子は席を立って、友達とのおしゃべりに忙《いそが》しい。

あたしだって、いつもは伊織ちゃんとおしゃべりしているけど、今日は一時間目の英語の教科係のため職員室に行っていて不在。

なんだか、寂しいなぁ……。

中学までそれは当たり前だったのに、今はなんだか寂しさを感じる。

友達ができると、ひとりってこんなにも寂しく感じるものなんだ。

だからと言って、ほかの子の輪に入っていけるわけもなく。

自分の席に着いていると、今日はめずらしく、まだチャイムまで十分以上もあるのに工藤くんと連れ立って久我くんが教室へ入ってきた。

昨日のことがあって気まずいあたしは、思わず目をそらす。

なんで今日に限って早いの……？　朝練が早く終わっちゃったのかな。

いつものように、かけられる声に軽く応えながら教室端のこの席についた久我くん。

「おはよ」

恐る恐る見上げると、そのあいさつは紛れもなくあたしに向けられている。

「お、おはよ……」

消えいりそうな声で返したのは、恥ずかしいから。

好きな人がバレた相手に、余裕であいさつできるほどあたしの心臓は図太くない。

「あのさ、これ」

これ以上、今は話しかけないで……そう思っていたのに。

久我くんが、今置いたカバンの中からなにかを取り出し、あたしに手渡した。

「あっ……」

それは、蒼くんからもらったグミだった。

あれだけ大事に持っていたグミがないことに気づいたのは昨日の夜。

カバン、サブバッグ、すべてをひっくり返してから思い出したんだ。

倒れたとき、手に持っていたことを。

「大事なもんだろ」

「……ありがとう」

そんなふうに言われて恥ずかしいけど、素直にうれしかった。

もうなくしちゃったと思っていたから。

拾ってくれたのが久我くんでよかった。

ほかの人が拾っていたら、ゴミにされていたかもしれない。

差し出されたグミを、大切に受け取って手の中に収める。

「昨日はびっくりした。急に目の前で倒れるから」

「あ、ごめんね。びっくりするよね」

「もう大丈夫なの？　てか、どうしたんだよ」

「うん。どうしたんだろう……ね、へへっ」

笑ってごまかした。なんとなく原因はわかるけど、言えないし。

「もしかして貧血《ひんけつ》？　てか、ちゃんと食ってんの？」

「え？」

「永井軽すぎ」

放たれた言葉に、あたしはキョトンとする。

「軽すぎる……って」

え、もしかして。

「あー……蒼先輩から聞いてない？」

久我くんは、少しバツが悪そうに、髪に手をやる。

その頬は、ほんのり赤らんでいて……ある疑問が一瞬でわきあがる。

「も、もしかして、久我くんが保健室に運んでくれたのっ？」

きっとそうだと確信した言葉を続けると。

「まあ……」

久我くんは、気まずそうに視線を外す。

急に、体がかああっと熱くなった。

今まで疑問に思わなかった自分が不思議。

意識をなくしたあたしが保健室にいたってことは、誰かが運んでくれたのはすぐにわかることだったのに。

「目の前でぶっ倒れるからとっさに支えたんだけど、声かけても反応ないから、とりあえず保健室だろうと……」

「あ、ありがとう……ごめんね、迷惑かけちゃって……」

今さら恥ずかしくなってくる。

運ばれたこともそうだけど、そんなことも知らずに、昨日の放課後蒼くんと一緒に帰ったところまで見られて。

なにも知らずに、すごくのんきな人だったよね、あたし……。

「それと俺、余計なこと言ったよな……」

「え？　余計な？」

「べつに相談されてるわけでもないのに、首突っこみすぎた」

あ……。お兄ちゃんに協力してもらえ、みたいなこと言われたんだっけ。

「ううん、いいの」

そういえば、あたしもびっくりするくらい饒舌《じょうぜつ》だったたな。ふだんそんなに口数も多くない久我くんが、かなり突っこんできたからびっくりした。

「あの……」

「なに?」

「言わないでね……?」

……蒼くんが好きなことを。

一瞬、ん?と首をかしげた久我くんだったけど、すぐに意味を理解したのかその首を縦に振る。

「……ああ」

あたし、今恥ずかしすぎる。どうしようっ。

「よ、よかったら食べる?」

この状況を打破するにはこれしかなかった。

手に握りしめたままのグミを差し出した。

「いいの?」

「うん！」

もしかしたらいらないって言われちゃうかと思ったけど、久我くんは意外にもうれしそう。思いきって言ってみてよかった。

いる？って聞いて、いらないって言われると地味にへこむから。

袋を開けた瞬間、懐かしい桃のいい香《かお》りがふわっとただよう。

ひとつ手に取って、久我くんの手のひらにのせた。

「サンキュ」

透明《とうめい》な桜色のそれを目の前にかざして眺めたあと、久我くんは、ぱくっと口へ放りこんだ。

モグモグとしばらく噛みしめたあと。

「あま。でもうまい」

頬をゆるめた久我くんに、あたしまで思わず笑顔になった。

「でしょ？」

あたしも口へひとつ放りこむ。

うん、やっぱりおいしい！　そして懐かしい。

おいしいのは、蒼くんからもらったっていうのもあるかな。

ふふっ。大切に大切に食べよう。

「ねえ、なんかいいにおいしない？」

「ほんとだ。あ、凜太朗くんなに食べてるの？」

かわいらしい声が聞こえた。それは、クラスでも目立つ存在の女の子三人組。

短すぎるスカートから伸びる細い足は、女のあたしでさえ目のやり場に困るほど。

スタイルもいいし、自分に自信があるからできることなんだろうなぁ。

あたしは膝上五センチが精いっぱいなのに。

「……グミだけど」

さっきまでの笑顔をなくして答える久我くんは、女の子たちの勢いに圧倒されたのか若干《じゃっかん》引き気味。

「え〜なんのグミ〜？」

「すごい甘くていいにおいがする〜」

「キュンとするよね〜」

そんな反応にめげることもなくきゃっきゃ言いながら久我くんに近寄り、鼻をクンクンと嗅《か》ぐ仕草を見せる。

わぁ……。

あたしに皆無《かいむ》な女子力を持つ彼女たちを、思わず凝視してしまう。

メイクだってすごく上手だし、スタイル抜群で笑顔もかわいい。

世の中もその愛嬌《あいきょう》とコミュニケーション能力で、うまく渡っていけるんだろうなぁ。

〝勝ち組〟って、彼女たちみたいな人のことを言うんだろう。

「……桃」

反対に、久我くんのテンションはどんどん下がっている気がする。

ていうか、これが普段の久我くん……な印象でもある。

むしろ、人の恋愛に首を突っこんだり、グミを食べて笑っている方が、イメージじゃない。

「ねぇねぇ、あたしも食べたいな～」

「ひとつちょうだーい？」

「あたしもあたしも～」

かわいらしくおねだりする彼女たち。

そんなふうに言われたら、喜んであげちゃうよね。

でも久我くんに言ったところで、これはあたしのグミ。

勝手にいいよなんて言えないだろうし、あたしが声をかけるべきだよね？

「あの……よかったら……」

彼女たちの前に、恐る恐るグミの袋を差し出した。

クラスメイトだけど、初めて話すからちょっと緊張する。

「え？　凜太朗くんのじゃないの？」

途端に、彼女たちのテンションが下がる。あたしに向けられた目も、冷ややかで。

「あ、うん……」

反射的にうつむいてしまう。

あのかわいらしい笑顔は、久我くん限定だったみたい。

「じゃあ……いらないや」

「うん、あたしもー」

「行こ」

冷めた声を出した彼女たちは、そのまま自分たちの席の方へ行ってしまった。

……え。

出した手をゆっくり引っこめて、袋を握りしめる。

久我くんからグミをもらいたかっただけというのはわかるけど、あたしが拒否《きょひ》られたっていう思いもぬぐえない。

勇気を出して声をかけたけど、やっぱりあたしのなんていらないよね。

ちょっぴり、傷ついた。

「よかったな」

すると、優しい声が降ってきた。

「え？」

顔を上げると、頬のゆるんだ久我くんが目に飛びこむ。

「蒼先輩からもらった大切なグミ。三つもやることにならなくてよかったな」

久我くん……。

断られたことにバツの悪さを感じていたのに、久我くんのひと言ですごく救われた気がした。

〝大切なグミ〟なんて。

実はすごく照れくさいことを言われているんだけど。

それよりも、今は久我くんの優しさで胸がいっぱいだった。

「俺の方こそ、その大事なひとつもらっちゃったな。悪い」

「ううんっ、大丈夫だよ！　なんならもっと食べる？」

あたしは袋を差し出す。

「いいいい。マジでいーって」

そんなやり取りをしていると。

「あー！　なに食ってんの？」

威勢《いせい》のいい声が聞こえた。

「はぁ……」

久我くんがあからさまにため息をはいて振り返った先には、まだなにを食べているか伝えてもないのに、手を差し出す工藤くん。

「俺にもくれよー」

「なんだよ、うるせえなあ」

やっぱり女の子たちのときとは態度がちがう。

めんどくさそうにしながらも、ちゃんと答えている。

あたしも一気に気持ちがゆるんだ。

「グミだよ。どうぞ」

そう言ってグミを差し出そうとすると、久我くんが手で制した。

「永井、こいつにはやんなくていいから」

「はあ⁉　なんでお前が指図すんだよっ」

声を荒らげた工藤くんは、久我くんの首に腕を巻きつけた。

「ゲホッ……苦しっ、放せって……」

そんな思いをしてまでグミを守ってくれるなんて申し訳ない。

それに、あたしは誰かにあげるのを惜しいとは思ってないのに。

「お前さ、最近美紗ちゃんと仲よすぎなんだよっ」

「放せっ、おい」

「やだね。白状しろ。お前、美紗ちゃんのこと好きなんだろ！」

工藤くん!?　なに言ってるの？

「く、工藤くんっ、はいっ」

慌てたあたしは、その口をふさいで……！という思いも込めて、グミをひとつ取って手渡した。

「やったー！　サンキュー」

狙《ねら》い通り、工藤くんの口はグミを噛むのに忙しくてそれ以上言葉は出てこなくなる。

ほっ……。よかった。けど、なんてこと言ってくれるの。

冗談でもそんなふうに言われて、あたしが気まずいよ。

「バーカ、なに言ってんだよ」

久我くんはえりもとを正しながら、その言葉を否定する。

だよね。バカ、なんて言っちゃうほどありえない妄想《もうそう》だよね。

でもその顔はほんのり染まっていて、つられてあたしまで頬が熱くなってくる。

そういうからかい方はやめてほしいよ……。

久我くんは、そんなこと決して思ってないんだろうから。

お昼休み。あたしと伊織ちゃんは机をくっつけてランチ中。

窓際だから、お昼には窓から差しこむ陽でとっても明るく暖かいランチタイムを過ごせる。この席、ほんとに最高。

お弁当の中身が半分くらい減ってきたころ、急に伊織ちゃんが小声で顔を寄せてきた。

「最近、あの先輩とはどうなの？」

「あの先輩？」

「ほら、お兄ちゃんの友達だっていう」

伊織ちゃんはニヤニヤしていた。

「あ……」

思わず、大きく深呼吸する。

お兄ちゃん、というワードでまた呼吸が苦しくならないように。

「進展とかあった？」

どうもこうも……。

「な、なにもないよっ」

「ふーん、そっかぁ……」

歯切れの悪い伊織ちゃん。

そこでいったん会話が途切《とぎ》れたけど、次に口を開いたのも伊織ちゃんだった。

「最近さぁ、美紗と凜太朗くんって仲いいよね」

かわいらしく微笑む伊織ちゃんがなにを言いたいのかよくわからない。

仲、いいのかな？

そりゃあ、隣の席だから話す機会が多いのは自然だと思うけど……。

「先輩もいいけど、凜太朗くんなんてどう？」

「えっ？」

どうって、伊織ちゃん。それは恋愛対象として……？

目を見開いて、まじまじと伊織ちゃんのそのかわいい顔を見つめる。

「同じ委員会の子が凜太朗くんと同中だったらしいんだけど、ほんっと女の子には不愛想で、モテるのに全然関心を持ってくれない女の子泣かせな男の子って言ってたの」

「……ふうん」

なんとなくわかる気がする。人懐っこくてフレンドリーな工藤くんとは対照的だし、久我くんはとっつきにくいよね。

あたしだって、自分から話しかけるには今でも勇気がいる。機嫌悪くないかな？って気になって。

「そんな前評判のある凜太朗くんだよ？　なのに美紗にはすっごい気さくに話してる

じゃん」

「そ、そんなことないって」

「ううん、あるよ」

ぴしゃりと断言する。

まあ……そう言われればあたしとは普通に話してくれているけど。

委員会も同じだし、席も隣だし。

それなりに関わりのある人とはうまくやろうってことなのかもしれないし。

「そ、そんなことより、伊織ちゃんはどうなの？」

答えようがないあたしは、話題を変えた。

「あたし？」

「うん、郁人先輩とはどうなったの？」

気になっていたけど、その後伊織ちゃんからはなにも報告はなく。

チャンスとばかりに聞いてみると、伊織ちゃんは一瞬黙りこむ。

「……断っちゃった」

そして、へへっと弱く笑った。

「そっか」

伊織ちゃんがそう決めたんなら、それでいいと思う。

もったいないよーとか言うつもりはない。

「郁人先輩が完璧で彼氏にするには申し分ないくらいいい人なのは知ってるし、付き合ったら愛してもらえて、大事にしてもらえるんだろうなぁとかって想像もできる。でも、あたしがしたい恋愛は、そういうんじゃないんだよね」

窓の外を見て話す伊織ちゃんの顔は、いつにも増して乙女だった。

「完璧な人じゃなくても、お互いに言いたいこと言いながら成長しあえたり、笑いが絶えなかったり、たまにはケンカもしてみたり」

……まるで、誰かに恋をしているみたいに。

「それに、あたしだって周りが思ってるような人間じゃないもん。ひがんだりするし、ワガママにもなるし機嫌だって悪くなる。そんなダメなところも受けいれてくれて叱《しか》ってくれて……って、そんな人いないか」

言って、えへって笑う伊織ちゃんだったけど、あたしは知ってる。ひとりだけ。

でも、それは言っちゃいけないような気がした。

自分で気づかないと意味がないもんね。

「そんな人がいるといいね」

伊織ちゃんから相談される日まで、言わないでおこうと決めた。

その相手は、すごく近くにいるかもよ……って。

気づいた気持ち

今日は他校で練習試合があった。

桜園から電車で三駅のところにある、青葉《あおば》高校だ。

スコアは八十五対三十三。圧勝だった。

「大差で勝つって最高だな。ちょー気持ちいい――――!」

「それって古くないっすかー？」

蒼先輩が放った某《ぼう》アスリートの名言に、誰かが突っこむ。

「そーだよそーだよソースだよ！」

続けて、絢斗がくだらないギャグをぶっかます。

「お前の方が古いんだよ！」

そして、蒼先輩から頭をはたかれる絢斗。

試合後の更衣室《こういしつ》。和気あいあいと話が弾む。

今日は、俺ら一年生がメインに出る練習試合だった。

先輩のレギュラーメンバーはA軍としていつも練習試合をしているが、今日は一年の新入部員のB軍が初めて練習試合に臨んだのだ。

俺と絢斗はスタメンに選ばれ、二年から入部した蒼先輩もB軍で一緒に戦った。相手も、同じく一年生。

青葉高校のA軍レベルはほぼ同等だが、一年のレベルは俺らの方が上のようだ。このままいけば、俺らの代になったら青葉高校より格上のチームになれそうだ。がぜんやる気が出てきた。

「それにしても、蒼先輩ってほんとに二年半のブランクあるんすかー？」

絢斗は、シャツを羽織りながら蒼先輩に疑いの目を向ける。

そう思っているのは絢斗だけじゃないはずだ。

日ごろの練習で、蒼先輩の技術レベルが高いのはわかっていたが、初めて試合を一緒にしてそのすごさにまた驚かされた。

パスやシュートの正確さはもちろん、ドリブルさばきも相手の動きの読みも、一枚も二枚も上手。初めての実践《じっせん》で、さらに圧倒された。

蒼先輩は、心の底からバスケが好きだというのが普段の練習からも伝わってくる。練習でも手を抜かずいつだって真剣で、俺が練習を一日でも休みたくないと思わせるのは蒼先輩の存在があるから。

少しでも追いつきたい。……そんな憧れの選手だ。

今日は心の底から試合が楽しかった。

こんなすごい人と同じチームでプレーできて幸せだ。

蒼先輩って、ほんとすげえ。そりゃあ、永井も惚れるよな。

永井の顔が浮かんで、胸の奥がじわっと熱くなった。

……なんだよ、なんで永井が出てくんだよ。

「ところで、蒼先輩はどうしてバスケから離れてたんですか？」

誰かが口を開いた。

そうだ、俺も気になってたんだ。

脳裏から永井を消し、意識をそっちに戻す。

「だよな。そのままやってたら、絶対強豪校《きょうごうこう》から推薦《すいせん》来たでしょ！」

「もったいないなあ」

「ほんっと意味わかんないっすよー」

ほめてるんだか、けなしてるんだか。

口々に出てくるそんな言葉に、蒼先輩はさらっと答える。

「ほかにやりたいことがあったんだよ」

ほかに……？　なんだよそれ。

こんなに好きなバスケをやめてまでやりたいことが中学時代にあったのか？

さっぱりわかんねぇ。

「じゃあこの春、そのやりたいことが終わったんですか?」

誰かが問いかけた正当なそれに、俺は蒼先輩の口もとをじっと見つめる。

「……まあ……だな……」

口調からは決して達成感は感じられなかったが、それっきり口を閉ざしスマホをいじり始めた蒼先輩に、突っこむヤツはいなかった。

昼で試合が終わった。この後は自由解散で、一年メンバーでカラオケに行くことになった。蒼先輩も誘ったが、用があるらしい。

「じゃあな、お疲れ」

「お疲れさまでしたー」

蒼先輩は一番先に更衣室を出ていった。

そのあとすぐ俺も支度が終わり、ひとりでふらふらと校内を散策していた。

中学のときもいろんな学校に試合に行ったが、学校見物は結構好きだ。

自分の中学がボロかったから、綺麗な校舎を見てうらやましかったってのもある。

桜園はさすが私立だけあって、綺麗で設備も整っている。

青葉高校も同じように綺麗だな、なんて思いながら見ていると、声をかけられた。

「すみません」

振りむくと、そこには女子ふたり。制服から青葉高校の生徒だろうと察する。

他校の俺に、なんか用？

「ね、早くしちゃいなよ」

ひとりの女が、もうひとりの袖をつかんで促す。

袖をつかまれた方の女の顔は真っ赤だ。

すると、意を決したようにその真っ赤な顔で言葉を放つ。

「あのっ……さっき、試合見学してたんです。プレーすごくカッコよかったですっ」

「……どうも」

悪い気はしない。けど照れもあり、うまく表情も作れずそっけない返事になった。

「それで、あの……」

「………」

「えと、一緒に写真撮ってもらえませんか……？」

「は……？」

写真？

そんなことを言われたのは初めてでとまどう。

「ダメ……ですか？」

少し潤《うる》んだ目で俺を見上げる彼女。

「……なんで？」

プレーがカッコよかったと言ってもらえたのはありがたい。

でも、一緒に写真を撮る意味がわからない。

「そ、それは……」

もじもじしながら、それっきり口をつぐんだ女。

はぁ……。

「悪いけど、無理」

口下手なのは昔から。女子としゃべるのはとくに苦手だ。

だけど、無理なものは無理だと、俺なりにちゃんと誠意をもって断ったはずだった。

「わかりました。すみませんっ」

女は一瞬顔をゆがめると、うつむき去っていった。

隣の女はなにか言いたそうに俺を見たが、結局なにも言わず、その後を追うように走っていく。

パタパタと去っていくふたつの足音は、まるで俺を責めているようだった。

「凜太朗ちゃん、今のはちょーっと冷たいんじゃないの～？」

どこで見ていたのか、突然現れた絢斗が俺の肩に手をまわしてくる。

「なんだよ」

どこにいたんだよ。神出鬼没《しんしゅつきぼつ》なヤツだな。

「無理ってさぁ～、んなズバッと言わなくても」

「は？　無理なもんを無理っつってどこが悪いんだよ。写真撮らせてとか意味わかんねえ」

愛想を振りまいて人気を得たいわけでも、いい人ぶりたいわけでもない。

イヤなものはイヤ。俺ははっきり言うタチだ。

「写真くらいいいじゃねえか。こっそり待ち受けにして眺めたいとか、生徒手帳にひそかに挟みたいとかってゆー乙女心を理解してやれって！」

「はあ？」

アイドルでもねえのに？　待ち受けにして眺められても……怖いだろ。

「凛太朗は、もうちょっと自分の人気を自覚しろ」

「知らねーし」

特別優しくした覚えはないのに、たまに女から〝好き〟だと言われることがある。

俺のどこが好きなのかさっぱりわかんねえ。

俺が女だったら、俺みたいなヤツはまず好きにならないけどな。

絢斗みたいに愛想よく振るまえたらもっと人生楽しいのか、なんて思うときもある。

でも、生まれ持ったこの性分はそうそう簡単に変えられない。

「さっきの子、泣いてたぞー」

「………………」

「今度青葉で試合するときは、全員敵だと思って来るんだな」

「……るせーなあ」

余計なお世話だと思いながら、先を行く絢斗のあとをたらたら歩く。

「おっと」

昇降口近くまで来たとき、絢斗が急に足を止めた。

「なんだよ」

「シッ！」

絢斗が人さし指を口に当ててどこかを見ている。

俺もそこに目をやると、昇降口で靴を履いている蒼先輩と……女の人がいた。

桜園高校の制服を着た、背の低い小柄な女。

蒼先輩を見上げながらうれしそうにニコニコ話している。

「あれさ、ぜってー蒼先輩の彼女だと思うんだよな」

蒼先輩の、彼女……？

胸に針を刺したような痛みが走る。

「また、適当なこと言って」

蒼先輩に彼女なんていねえだろ。

「あの女の先輩、キャプテンの彼女の友達で、よくA軍の試合にも来てんだよ」

「へー……」

三年でキャプテンの颯太《そうた》先輩には、二年生の彼女がいる。

彼女もバスケ部だから部内でも周知されていて、練習が重ならないときは試合の応援に来ていて何度か見かけたことがある。

けど、一緒に来てる友達なんて覚えちゃいねえ。

「あの人、ずっと今日の試合見てたんだよ。今日はひとりで来てんなーって不思議だったんだけど、蒼先輩の彼女だったのか」

納得するような絢斗に、俺はムッとした。

「おい、その友達がどうして蒼先輩の彼女って話になるんだよ」

それだけで彼女って、妄想はなはだしい。

「だって、ほら見ろよ」

「あ?」

絢斗が指さす先には、昇降口を出ていくふたりの姿。

その手は……つながれていた。

……え。なんで手なんて……。
男女が手をつなぐ意味を一瞬理解できなかった。
「うわー、恋人つなぎなんかしちゃってラブラブだな～」
指を絡ませてつなぐその光景に、目を見開いた。
……嘘だろ。
たしかにそれは、恋人つなぎと言われるようなもの。
それで友達だと言いはっても、苦しい言い訳にしかならないだろう。
だからこそ、俺は混乱した。
マジで付き合ってんのか？
さっき感じた胸の痛みが、範囲を広げていく。
「蒼先輩がカラオケ行かねーのは、彼女とデートだからなのか～」
小さくなっていくふたりの後ろ姿。
それはやっぱりどう見ても、彼氏と彼女にしか映らない。
……は？　どうなってんだよ。蒼先輩、彼女いたんっすか……？
じゃあ、永井はどうなるんだよ。わけわかんねえ……。
そのあと一年メンバーでカラオケに行ったが、俺はまったく気分が乗らなかった。

昨日はずっと蒼先輩と彼女のことが頭から離れず、試合の疲労《ひろう》で体はダルかったのに、頭がさえて全然眠れなかった。

おかげで数学の授業中の今、眠くてしかたない。

さっきから止まらないあくびを噛み殺しながら、眠気を覚まそうと窓の外に目をやって……視界の端に映る永井の姿に、モヤモヤが復活する。

永井は知ってんのか？　知ってて、叶わない恋ってやつを続けてんのか？

だから兄貴にも協力してもらえないのか？

隣の席で、今日も姿勢を正して授業を受けている永井に視線を注ぐ。

……しょせん人のことだ。俺には関係ねーし。

でも、気になってしょうがない。

……やべ……それよりも今は……超絶眠い。ダメだ……意識が遠のいていく……。

「……くん……」

ん────。

「……が……くん……」

……なんだか体が優しく揺れている。

まるで船に乗っているみたいだ。心地いい……。

「久我くんっ……」

はっ……。

気づくと、眩しい光が目に飛びこんできた。

完全に机についている頭をゆっくり動かすと、目に飛びこんできたのは俺を揺さぶる永井の姿。

「起きて」

永井の口が、そう動く。

……やば。いつの間にか寝てたみたいだ。

心地いい揺れは、永井が俺を揺さぶってたのか。

のっそりと体を起こして、腕を前に伸ばす。

ん――――、全然寝たりねえ。

「じゃー、問1を……久我、お前解《と》け」

伸びをしたまま、教師と目が合ってしまった。

「伸びなんかして、さぞかし余裕なんだろう」

「えっ……！」

「三分やるからとっとと解け。問2は……」

おいっ、ふざけんなっ！　たった今起きた俺が解けるかよ！

そもそも、どこの問1だよ！

まだ閉じたままだった教科書を慌ててめくる。

うわっ……新しい単元かよ。少し予習はしたけど、二、三分で解けるものじゃねえ。

やべえ、マジでやべえよ。

必死になって、数式と戦っていると。

──トントントン……。

俺の机の上を、細い人さし指が小さく踊《おど》った。

「よかったら、これ……」

隣から、永井が自分のノートを差し出していた。

見ると、俺が当てられた問1がきちんと解かれている。綺麗な文字で。

「え、いいの？」

そりゃあ、喉から手が出るほど見たいけど。

「うん。早くしないと」

「おう、サンキュ」

教師の目を気にする永井からすばやく受け取り、自分のノートに写していく。

「まちがってたらごめんね」

申し訳なさそうな声が耳に入ってくるが、写させてもらえるだけでありがたい。

途中式もバッチリだし、そんなのそもそも謙遜だろう。

「久我ーまだかー」

問2問3が当てられた生徒は、すでに前へ出ている。

待ってろって、もうすぐ写し終わるから……、よし！

「できました」

しれっと言って、黒板に回答を書いていく。

答えはもちろん正解だった。


「マジ助かった。ありがとな」

授業は無事終わった。あの数学教師はすぐ放課後に居残りさせるから、まちがっていたらどうなってたかわかんねえ。そんなことで部活に遅刻したくないし。

「どういたしまして」

ふわっと優しく笑う永井。

永井が笑うと、まわりに花が咲いたかのように明るくなる。俺の世界に色がつく。

……胸が、ドクンと音を立てる。

だから、なんなんだよ、これは……。

「合っててよかった。ほんとはちょっと自信なかったの」

華奢な細い手を胸に当てて、今度はホッとしたように笑う。

それを見て、俺は無意識に顔をそらしていた。
まともに永井の顔が見れない。
蒼先輩のことがあるからじゃない。……俺自身の問題だ。
そんなふうに笑われると、胸の奥が熱くなって、ヘンな感じがするんだ。
なんか……調子狂《くる》う。
「時間があったら久我くんも解けたよね。でもあれ、いじわるだったよね」
「えっ、ああ……だな」
今度は軽く頬を膨らませる。
どの表情もわざとらしさがなく、自然と出ているように感じるから好感が持てる。
裏表のない素直な性格なんだろうなってことは、話してみてよくわかった。
……蒼先輩に彼女がいること、やっぱ知らねえんだよな。
彼女がいる人を、こんなに健気《けなげ》に想い続けるようなヤツじゃないと思う。
純粋《じゅんすい》で、けがれを知らないような瞳。
女が男に抱《いだ》く気持ちがどんなものかよくわからないが。
ただ、カッコいいとか、抱かれたい、とかそんな低レベルのものじゃないんだろう。
話しかけられただけで真っ赤になって、もらったグミを大切そうに眺めて……。
彼女になりたいとかそんな欲張りな考えよりも、ただそばにいたい、それだけでいい……みたいな、いつの時代だよと突っこみたくなるような健気な想い。

彼女から奪ってやるなんて、絶対に思わないだろう。

だからこそ、彼女がいると知ったら、永井はどうなってしまう……？

「どうかしたの？　難しい顔して」

眉をひそめる永井。

きっと、今の俺がそんな顔をしているんだろう。

「……いや」

想像して、どうして俺が苦しくなるんだよ。ほんと意味わかんねえ。

蒼先輩、いつ彼女ができたんだよ。

でも、いつまでも彼女がいることを隠せるはずもない。

あれだけ蒼先輩のことを目で追っていれば、昨日の俺みたいに目にしてしまうかもしれない。

いきなりあれを目撃したら、ぶっ倒れちまうんじゃねえの？

なら、先に知った方がよくないか？

「バスケ、大変なの？」

「え？」

「授業中寝ちゃうって、やっぱり練習きついんだよね？」

「ああ、まあ」

「そっか、大変だね」

俺に言ったようで、それは蒼先輩に向けられているように感じた。

遠い目をして、心苦しそうに。

そう思ったら、なんだか胸がむしゃくしゃした。


放課後。いつものように荷物を全部持って、部室へ向かおうとしていた矢先。

「お前さ、もしかして美紗ちゃんのこと好きなの？」

同じように荷物を持った絢斗に肩を抱かれ、耳もとでささやかれた。

「うっざ、どけよ」

その手を払いのける俺は、内心焦りまくっていた。

……タイムリーにそんなこと振ってくんなよ。

さらっと交わしたつもりだが、自分はごまかせない。

絢斗はだませても、自分はだませない。

自分の中で認めてしまった気がする。

……永井のことが……好きだと。

モヤモヤするのもむしゃくしゃするのも、全部、そのせいだ。

「はぐらかすなって。俺の席から見てると、ふたりすげえ仲よさそうだし」

「んなことねえし」

「あるって！　美紗ちゃんもお前のこと好きなんじゃね？」

「ねえよ」

一〇〇％ないことを俺は知っている。

自分の気持ちに気づいた瞬間、失恋が決定したダサい俺。

「いやいや、そーでもねえと思うぞ？」

自信たっぷりに目を輝かせる絢斗。

その自信はどこから来るんだ？　どんだけ絢斗の目は節穴なんだよ。

俺は永井の好きな男を知ってんだからな。

「てか、お前こそ永井に気があんのか？」

「なんでそうなる？」

「だったらなんでこっちの方見てんだよ」

理由はそれくらいしか……。

「バカ。俺が見てんのはお前だよ」

「……キモ」

バカげた話にこれ以上付き合うつもりはない。

そのまま教室を出たが、絢斗はしつこくこの会話を続ける。

……傷がえぐられるだけだからやめてくれ。

「美紗ちゃんって尽くしてくれそうなタイプだよな」

そうだな。だろうな。俺もそう思う。

「女の子らしいし、付き合ったら超癒《いや》されそー」

隣の席ってだけで、もう十分癒されてるけどな。

女と話すのは苦手なのに、永井は別。話していると、不思議と落ち着くんだ。

なんだか前から知っていたみたいに。

でも、こんなこと言ったら気持ち悪がられるに決まってる。

『どこかで会ったような気がする』

そんなのは、ナンパの常套句《じょうとうく》だと思われるのがオチ。

じゃあ前世か？　それこそ相当イタイだろ。

「蒼先輩も彼女いるし、バスケ部の彼女持ち率高いな～」

ここで蒼先輩の名前出すなよ。さっきからボディーブローを食らってる気分だ。

「蒼先輩はバスケうまいしカッコいいし明るいしおもしろいし優しいし、最高だな！」

……黙れ。

「……あ？　なんでにらんでんだよ」

ジトッとにらみをきかせた俺に、わけわかんねえって顔をする絢斗。

ああ、そうだよ。蒼先輩はどこをとっても完璧人間だ。俺が勝てるわけもない。

だけど、やっぱり許せない。

彼女がいるくせに、どうして永井に思わせぶりなことばっかりするんだ。

あんなふうに接されたら、永井だって期待しちまうんじゃねえの？

俺だったら勘《かん》ちがいするぞ。

蒼先輩、いったいなに考えてんだよ……。


着替えを済ませ体育館へ入る。

一年生は先輩より先にコートへ入り、モップがけや用具の準備をするのが部のしきたりだ。十三人いる一年部員で、手分けして仕事をこなしていく。

準備が終わったころ、先輩たちがやってきた。

ボールを手に取り、ウォーミングアップがてらシュートを打っていく。

俺の目は、自然と蒼先輩を追っていた。

手のひらに吸いつくような華麗なドリブルをし、綺麗な放物線を描いてゴールに収まるボール。

バスケの神様に好かれた天才……ってとこか。

俺はボールを片手に持ち、蒼先輩に歩みよった。

「蒼先輩、勝負しましょうよ」

プレーで勝てるとは思ってない。けど、気持ちでは負けない自信があった。

呼吸を乱しながら蒼先輩が言う。

「手加減しねえよ」

「望むところです」

まっすぐ注がれるその瞳を、俺もまっすぐ見つめ返した。

俺と蒼先輩のワン・オン・ワンが始まる。

ルールは五点先取。

ボールを持った蒼先輩は小刻みなステップで俺を翻弄《ほんろう》したのち、軽くかわした。

あっ……。

一瞬のうちに抜かれてしまう。そして華麗にジャンプ。

――シュッ……。

ボールはゴールに吸いこまれていった。

気持ちでは負けない自信なんて、砕《くだ》け散ってしまうほどに。

「ナイッシュー」

見ていた先輩から声がかかる。

クソッ……。

さらに互いが集中力を高め、白熱する勝負。

そのうち、ほかの部員たちもプレーを止め、このワン・オン・ワンを見始めた。

でも、何度やっても俺は遊ばれるだけだった。

ほんとにこの人、二年以上のブランクがあったのかよ。

俺はこの二年で技術を磨《みが》いてきたっていうのに。

「やっべ、マジきつい……」

「はあっ、はあっ……」

勝負がつき、その場に倒れこむ蒼先輩と俺。

「俺を疲れさせるなんてっ……やるな、凛太朗」

「まだまだっすよ、俺なんて……」

五点先取したのは蒼先輩だった。やっぱり、この人には敵わない。

B軍の試合に出てる場合じゃないだろ。A軍でもレギュラー取れるぞ。

身長はほぼ同じなのに、能力は全然ちがう。

互いに、渡されたタオルで汗をぬぐう。

勝負には負けたが、蒼先輩と初めてのワン・オン・ワンは気持ちよかった。

残ったのは、爽快感《そうかいかん》。

開け放たれた扉から入りこむ風が気持ちいい。

「昨日の試合のあと……」

呼吸を整えた後、俺は口を開いた。

本気でぶつかりあった今だから、聞けると思ったんだ。

「一緒に帰ってた人って、彼女ですか？」

そう問いかけると、蒼先輩は新しい汗を生み出しながらも、表情を固くした。

「見られてたんだ」

……否定しないんだな。

俺は表情を崩さず、蒼先輩をまっすぐ見すえた。

「ひとつ聞いていいですか」

「……ん？」

「蒼先輩にとって、永井ってどういう存在ですか？」

蒼先輩は、眉をひそめて目を細めた。

その問いに、どんな意味があるかを考えるかのように。

言葉を選ぶようにたっぷり時間をかけてから、ゆっくり口を開く。

「大切な存在だよ」

言葉の通り、大切そうに。どこか切なそうに。

「ふっ」

俺は思わず笑いが漏れた……あきれて。

「意味わかんないっすよね」

彼女がいるのに永井が大切って、まさか親友の妹だから大切とか？　笑わせんなよ。

それって、彼女に対しても誠実じゃないだろう。

「永井の気持ちをかき乱すようなことしないでください」

「かき乱す……？」

「永井の気持ち、知らないとは言わせないですよ」

わからないふりをしようとする蒼先輩に突っかかった。

本気で気づいてなかったらシャレになんねえけど、きっと永井の想いはもう何年も前からあるはずだ。どんなに鈍くても、気づくだろう。

「………」

黙ってるのが答えってわけか……なおさらタチ悪いな。

「わかってんなら——」

「美紗は……」

俺の言葉にかぶさるように開いた口からは、ありえない言葉が飛び出した。

「美紗は……特別だから」

「……特別？」

特別って、なんだよ。

俺の中で、なにかがブチッと切れた。

「彼女がいるのに、永井も大切にしたいとか、都合よすぎませんか？」

蒼先輩と俺の視線がぶつかる。

俺の言ってることはまちがってないはずだ。

「頼む、凜太朗。このことは美紗に言わないでほしい。勝手なのはわかってるけど、ちゃんと自分で説明したいから」

……は？

全身に血がめぐってカッと熱くなった。まるで自分が部外者だと突きつけられたように感じた。

汗が床にしたたり落ちる。

次から次へと流れる汗が、体にまとわりついて気持ち悪い。

「永井のこと傷つけたら、蒼先輩でも許しませんから」

これじゃあ、俺が永井を好きだと宣言しているようなものだ。でも止まらなかった。

本気で、傷つけないでほしいと願ったから。

「凜太朗は、美紗のこと……好きなのか？」

「……だったらなんですか」

売り言葉に買い言葉だった。

俺の返答次第で、なにかが変わるわけでもないだろうに。

先輩じゃなければ、手が出ていたかもしれない。

さっきよりも強い意志をもって、蒼先輩を見つめる。

「ごめん……」

すると蒼先輩は、俺の視線から逃れるように目をふせた。

そんなふうに謝られたら、なにも言えなくなる。

「……失礼しますっ」

これ以上追求しても、俺の納得する言葉なんて聞けないだろう。

怒りが爆発《ばくはつ》する前に、俺の方からその場を離れた。

蒼先輩の表情に隠された真意。

それを想像することなんて、このときの俺にはできるわけなかった。

白昼のコクハク

四時間目の授業が終わり、これから昼食ということで、いつも通りあたしは伊織ちゃんと連れ立って手を洗いに行く。

「やっと解放されたねー」

「うん。ずっと座ってばっかりって疲れちゃうよね。集中力も限界だった」

火曜日は、一時間目から四時間目まで教室の椅子にずっと座りっぱなしだからつらいんだ。移動教室や体育を挟むと、少しはちがうのに。

「首がもうバキバキだよ～」

「え～、大丈夫？」

首を回す伊織ちゃんに笑いながら、蛇口《じゃぐち》をひねる。

冷たい水を勢いよく手に当ててると、すこしシャキッとした。この調子で顔も洗えたらいいんだけど、女の子はそういうわけにもいかないよね……。

と、そのとき。

隣の水道で手を洗っていた男の子が、ポケットから青いハンカチを取り出したのを見て、思い出す。受験の日に借りたハンカチを。

忘れていたわけじゃないけどやっぱり返す当てもなく、まだあたしの机の引き出しに眠ったまま。

持ち主は、誰なんだろう。

学ランが唯一の手がかり。でも、それはかなり大きな手がかりかもしれない。

ブレザーだったらどうしようもないけど、学ランはめずらしいし。

この学校に入ってなくても、学ランだった人を探せば、一緒に受験した人までたどりつけるかもしれないよね？

「伊織ちゃん、中学のときに男子の制服が学ランだった学校って知ってる？」

思いきって、伊織ちゃんに尋《たず》ねてみた。

「学ラン？　なんで？」

「えっと、ちょっとね」

理由を言ったら、お兄ちゃんが亡くなったところまでさかのぼらないといけないし、そこは濁《にご》した。いつかは話したいと思うけど、もう少し、時間が欲しい。

「あんまり聞かないよね、学ランって。あたしの知ってる中学はブレザーばっかりだし」

首をかしげる伊織ちゃんにも心当たりはなさそう。

「そっか」

やっぱり難しいよね。

「もしかして絢斗ならわかるかも！　バスケの試合でいろんな中学に遠征に行ってたから。聞いてみるね」

「ありがとう、伊織ちゃん！」

絢斗くんなら顔も広いし、希望の光も見えてくる。

ふと、にぎわう廊下を行きかう男の子に目が行った。

この中に、ハンカチを貸してくれた人がいるかもしれないんだよね。

もうすぐその人が見つかるかもしれない。

そう思ったら、ちょっとだけ胸がドキドキした。


それから数日後の日曜日。あたしは昼下がりの繁華街《はんかがい》を駅に向かって歩いていた。

今日は日差しが強く、日傘をさしている人も多い。

お天気お姉さんが『今日は汗ばむ陽気です』と言っていた通り、少し肌がべたつく。

日焼け止めを塗ってこなくて失敗したかも、なんて太陽を恨《うら》めしく見るあたしの横には……久我くん。

黒いシャツに細身のデニムを合わせた彼は涼しげで、汗なんて少しもかいてないように見える。

普段は同じ制服を着ているから同級生だと認識できるものの、私服姿の久我くんは、一気にあたしの二、三歳上を行ってしまったかのよう。

すらりと高い身長に、整いすぎた顔のパーツはモデル顔負け。

すれちがう女性が二度見する姿を何度目撃しただろう。

どうしてあたしが日曜日の今日、久我くんと私服姿で街を歩いているかというと。

保健ポスターコンクールというものが開催《かいさい》されて、あたしと久我くんで作成したあの献血啓発ポスターが入選したらしい。

『県庁に入選作品は飾《かざ》られてるぞ。せっかくだから見に行ってこい』

委員会の先生に突然そんなことを言われて、あたしと久我くんは、県庁までポスターを見に来たのだ。

そもそもコンクールに出展するなんて聞いてなかったから、入選の話なんて寝耳に水。

見に行くにしても、もちろん別々に行くんだろうと思っていたのに。

『じゃあ、いつ行く?』

なんて当然のように久我くんに聞かれて、ちょっとびっくりしちゃった。

今日は久我くんの部活がお休みで、一緒に来たんだ。

「あたしなにもしてないのに、なんだか申し訳なかったな……」

展示を見に行った率直な感想がこれ。

どう考えたって、あたしの力なんて少しも入ってない。

展示担当の人から『入選おめでとうございます』なんて言われても、『ありがとうございます』なんてのうのうと言える立場じゃないもん。

「そんな謙遜するなって」

「ううん、わかってるからいいの。あたし美術の成績〝三〟以上取ったことないし……」

「ふーん。永井って選択授業なんだっけ?」

「音楽だよ。久我くんは、もしかして美術?」

「ああ」

「やっぱりね……」

音楽、美術、書道から選ぶ選択授業。美術なんて選択肢、あたしにはなかった。

保健委員だって、画力なんて一切関係ないと思っていたのに最初の仕事がポスター作りで、やられたーって感じだったもん。

「俺、昔から絵を描くのは好きだったし」

好きで終わってないよね。すごく上手だもん。好きこそものの上手なれ、か。

「久我くんの栄光に便乗させてもらっちゃって……ごめんね」

そんな人と組ませてもらったおかげで、絵画入選なんていう人生で初の経験ができた。ネームプレートにはきちんとあたしの名前まで書かれていて、ほんと、すみませんのひと言でしかない。

「なに言ってんだよ。あれはまぎれもなく永井と一緒に作ったポスターだろ」

久我くんは、いつもあたしを認めてくれるような発言をする。

久我くんには何気ない発言かもしれないけど、それってすごく自信になるよ。

「あー、腹減った……」

そのとき、久我くんが独り言のようにつぶやいた。

十時半に待ち合わせをして、かれこれ三時間。

今朝普通に起きて朝ごはんを食べたあたしも、時間的にはおなかがすいている。

「永井、このあと忙しい？」

「ううん」

あたしは首を振る。

「だったら……飯でも食わねえ？」

ちょっと目をそらしながら言う久我くん。

「え？　ご飯？」

頭の中のプランでは久我くんと別れたあと、駅ナカでご飯でもたべようかなーって模索していた。久我くんとご飯なんて……思ってもなかった。

「あ、べつにイヤならいいんだけど」

「そ、そんなことないよっ」

イヤなんて、とんでもない。

むしろ、久我くんがそういうの、イヤだと思ってたくらいだもん。

あたしなんかとご飯、って。

第一、男の子とご飯を食べに行くなんて、想像もしたことない。

「実はさ、俺、今日寝坊したから朝もなんも食ってねーんだよ」

「ええっ、そうなの？　連絡《れんらく》くれたら待ち合わせ時間変更したのに」

なにかのときのために連絡先も交換していた。

まさに、そのなにかだったんじゃ……。

「寝坊したとかカッコ悪いこと言えるかよ。てか、結局言ってるか。ははっ」

そう言ってはにかむ久我くんが、教室にいるときとはちがってかわいく見えた。

入ったのは、ちょうど通りにあったサンドイッチ専門店。

お昼のピークを過ぎた今、店内は比較的空いていた。

ほどよくクーラーも効いていて、すーっと汗が引いていく。

あたしはローストビーフサンド、久我くんはＢＬＴサンドを頼んで、店内中央のカウンター席に座った。

……カウンター席でよかった。向かいあって久我くんとサンドイッチを食べるとか、緊張しちゃって絶対ムリだもんっ。

「そうだ。絵を見て思い出したんだけど」

あたしは、気になっていたことを口にした。

「なに?」

「ポスター作った日、昇降口であたしになにか言いかけたの覚えてる?」

バスケ部員が流れてくる直前『永井、あのさ』って。

まるで、大事なセリフの前置きのようにあたしを呼んだこと。

すっかり忘れていたけど、絵を見ていて思い出したんだ。

「……あー、んなことあったっけ?」

一瞬動きを止めて、首をかしげる。

久我くんもすっかり忘れてしまった様子。

「じゃあ思い出したら言ってね」

「そうする」

たいしたことじゃなかったのかもしれない。

あたしだって忘れていたんだから、人のこと言えない。

「いっくん、あーん」

「はい、あーん」

……向かいあわせのカウンターに座るカップルがいちゃついていた。

うわっ。目の前で……。

「お返しに、ゆうちゃんにも、はい、あーん」

「わあっ！　あーん……」

絶対このやり取り、久我くんにも聞こえてるよね？

なのに彼は涼しげで、ひとりあわあわしているあたしが変な人みたい。

もしかしたらあたしと久我くんも、周りからはカップルだと思われてるのかな。

「く、久我くんて、彼女いるの？」

誰に主張するわけでもないけど、あたしたちはカップルじゃないです！と言い聞かせるような会話を口にしたのは、本能かもしれない。

前がいちゃつき続けているから余計に。

「いないけど」

「じゃあ好きな人は？」

「なんだよ、やけに突っこんでくるな」

久我くんは苦笑い。

うん。積極的に話題を振ってると自分でも思う。

だって、前のカップルの会話が耳に入らないように、会話を止めたくないんだもん。

「だって、久我くんはあたしの好きな人知ってるから。な、なんか不公平……じゃない？」

「べつに知りたくて知ったわけじゃないし。てか、永井態度に出すぎだからすぐわかった」

「ええっ、嘘っ！」

ローストビーフをうっかりそのまま飲みこんでしまった。

お肉が喉もとを通った感覚がリアルにわかる。

「んんっ……」

「落ち着けよ、ほら」

「あ、ありがとっ」

慌てふためくあたしに、久我くんがドリンクを手渡してくれる。

それをごくごくと飲んでから聞く。

「ふう……。あたし、そんなに態度に出てる？　蒼くんにも、バレてるかな……」

もう、前のカップルのことなんて頭から抜けていた。

蒼くんにバレてたら……。もう合わせる顔がないよ……。

不安でたまらない。

「さあ……。どうだろ。まあ蒼先輩、あからさまにモテすぎてるから、そういうのも麻痺《まひ》してんじゃない？」

「うっ。だったらいいけど……」

たしかに、蒼くんは見境ないほどモテるから、いちいちそんなこと気にしないか。

ほとんどの女の子が自分のことを好きだと思っていても、うぬ惚れにもならないくらいだもんね。

「モテすぎるよな、あの人」

久我くん……。すごい人ごとみたいに言うけど……。

「あの、あたしから言わせてもらえば、久我くんもすごく女の子に人気あるんだよ」

「ふーん」

そっけない返事。照れてる様子もなく、ほんとに興味がなさそう。

「うれしくないの？」

「べつに」

「そ、そっかあ……」

よかれと思って告げたそれは、余計な情報だったみたい。

頬をゆるめることもなく、むしろ困惑気味。

思わぬ反応にしゅんとしていると、久我くんが真剣な顔つきになる。

「じゃあさ、永井は好きなヤツから好かれなくて、そうじゃないヤツから好かれるだけで満足できる？」

「え……」

言葉に詰まってしまった。

……たしかに。

蒼くんから好きになってもらえないのに、ほかの男の子からモテたって意味ない気がする。

……って。

「もしかして、久我くん好きな子いるの？」

つまりはそういうことだよね？

教室ではクールを貫《つらぬ》く彼が、ひそかに誰かにこがれてるとしたら、すごい胸キュンな話だよ！

いつか聞かれたクラスの女の子のためじゃなくて、個人的にあたしが知りたい。

「さあね」

「さあね、って。やだ久我くん。それってもういるって言ってるようなものだよ。ね、誰？」

半分くらい食べ終わったローストビーフサンドを手に持ったまま、久我くんに視線を送る。

想いを寄せている女の子って、誰だろう。

クラスの人？　それとも同じ中学だった人かな？

もしかして伊織ちゃん？　それはなくもないかも！

あれこれ想像していたんだけど。

「……永井には教えない」

「えっ」

放たれた言葉に、すっと熱が冷めた。

盛りあがっていた気持ちが、空気の抜けた風船のようにしぼんでいく。

『永井には教えない』

……あたし、なにを勘ちがいしていたんだろう。

あたしと久我くんは、べつに友達でもないのに。

自分の好きな人を知られているから、つい、友達のような気がしちゃっただけ。

ただのクラスメイトにペラペラと好きな子なんて教えないよね。

「……だ、だよね。ヘンなこと聞いて……ごめんね」

当たり前の返答をされただけなのに、ちょっと気持ちが沈んだ。

外へ出ると、再び強い日差しがあたしたちを照りつけた。

気温は、さっきよりもたぶん上がっている。

あのあと、なんとなく気まずい雰囲気になってしまった。

無言のまま食べ終えたあと。

『出る？』

『……うん』

最小限のやり取りしかしていない。

もしかして、怒っちゃったかなぁ。

人の心の中にずかずか入りこむようなこと……好きな人を聞き出そうとするとか、教室での久我くんを見ていれば、そういう軽いノリが苦手だってことわかるのに。

最低だよね。

調子に乗っちゃった。

……はあ。

心の中で深くため息。そして反省。

駅までの道のり、つかず離れずの距離《きょり》で歩く。

「あれ……永井さん？」

すると、前から歩いてきた女の子ふたり組に声をかけられた。

「えっと……」

ショートカットに大きい目の女の子と、毛先を巻いたちょっとつり目の女の子。髪は茶色く染められていて、メイクもしているからだいぶ雰囲気がちがうけど、中三の時に同じクラスだった子たちだ。

でも、親しくなかったせいかすぐに名前が出てこない。

向こうは名前を呼んでくれたのに、なんだか申し訳ない気持ちになる。

「あたし広瀬《ひろせ》あかね、覚えてる？」

とまどっているあたしに気づいたショートカットの彼女が名乗り、あたしはうなずく。そうだ、広瀬さんだ。

巻き髪の彼女も思い出した。たしか、田辺《たなべ》さん。

「わあ、久しぶりだね～元気だった？」

こんな街中でバッタリ遭遇したことでテンションが上がったのか、ふたりとはほとんど話したこともないのに、まるですごく仲よしだったように話しかけられた。

「あ……う、うん」

やっぱりとまどいが隠せないでいると、広瀬さんが田辺さんに向かって「ちょっと！」とたしなめた。

田辺さんはすぐになにかに気づいたように「あっ」と小さく声をあげ、口に手を当てる。

「ご、ごめんね。……お兄さん亡くなって、まだ半年だもんね……」

「そうだよっ！」

広瀬さんが田辺さんの袖を引っぱり、彼女は申し訳なさそうな顔で頭を下げた。

「だ、大丈夫……」

不意打ちで出されたお兄ちゃんのこと。

言葉とは裏腹に、心臓がドクンと音を立てた。

やだ。こんなところでこんなやり取り……。

気持ちは、一気にあの当時にタイムスリップする。

お兄ちゃんの死に同情されながら過ごした、中学生時代に。

「あ……そうだ。野球部だった加藤《かとう》くんって覚えてる？」

早くここから去りたいと思っているあたしを解放してくれず、広瀬さんはそう切り出した。

「加藤……くん……」

復唱してみたけど、名前と顔が一致《いっち》しない。というか、頭が全然働かない。

「あたし、加藤くんと同じ高校なんだけど、永井さんの家にお線香《せんこう》をあげに行きたいってずっと言ってて。だから永井さんと連絡を取りたかったみたいなんだけど、連絡先がわからないからそのままになってるみたいなの」

「そう……なんだ……」

加藤くんって人は、きっとお兄ちゃんと一緒に野球をやっていたんだろう。

「いつなら行っても平気？」

「えっと……お母さんは家にいるから……いつでも大丈夫だと思う」

お兄ちゃんの同級生も、ときどきお線香をあげに来てくれている。

そういう心遣《こころづか》い、すごくうれしい。

「そっか。じゃあ、加藤くんにはそう伝えておくね。ありがとう」

「またね」

彼女たちは小さく手を振ると、そのままあたしが来た道へと進んでいった。

はあっ……。

あたしはひとつ、深く息を吐いた。

こんなところでかつての同級生に会うなんて思わなかった。

しかも、お兄ちゃんの話が出るなんて。

速まった鼓動はまだ収まりそうにない。

太陽が照りつける路上で、鼓動を確認するように胸にそっと手を当てていると。

「永井……今の、話」

隣から、とまどう声が聞こえた。

……そうだ。隣には久我くんがいるんだった。

とっさに顔を上げると、声の通りとまどった表情でたたずむ久我くんがいた。

今の会話、聞かれた？

知られた……？　お兄ちゃんが、亡くなったこと……。

口を真一文字に結んだまま、なにかの我慢大会でもしているようなあたしたちのそばを、人々が行きかっていく。

背中に汗が流れる。

暑いんだろうか……。

ちがう……冷たい汗だ。

頭が……クラクラする。

「こっち来い」

すると、グイッと手を引っぱられ、近くの木陰にあったベンチまで連れていかれた。

あたしを座らせると、ひとりどこかへ消えた久我くんは、ペットボトルを手に戻ってきた。

「とりあえず、これ飲んで」

渡されたのはミネラルウォーター。

「大丈夫か？　今にも倒れそうな顔してた。……あのときみたいに」

あのとき。教室で意識を失って、久我くんが保健室まで運んで行ってくれたときのことだと思う。

「……ありがとう」

口をつけると、冷たい水が喉もとを通り体の中へ入っていくのがわかる。

ひと息ついて落ち着いたように思えたけど、ペットボトルを持つ手が震えていた。

透明な容器の中で、水が小さく波打っている。

街の、ど真ん中。人々の話し声、車の音、お店から流れるＢＧＭ……。

そんな喧騒《けんそう》の中、この空間だけ切り取られたみたいに、なにも耳に入ってこない。

隣に座っている久我くんの沈黙《ちんもく》が、余計に緊張をあおる。

あたしが口を開かなかったら、この沈黙は永遠に続くような気がした。

きっと、久我くんはあたしが話すのを待ってくれている。

彼は、そういう人だから。

「……あたしのお兄ちゃん、ね」

だからこそ、あたしは口を開いた。

「病気で……」

声が、震える。

がんばれ、あたし。

「……亡くなったの」

言いきった瞬間、ぎゅっと目を閉じた。

……つらかった。

この事実を初めて自分の口にのせたことで、認めたくなかった事実を認めてしまったような気がした。

隣からは息をのむような気配が伝わってきたけれど、そのまま続けた。

「お兄ちゃんが中二のときに、骨のガンが見つかったの。手術をしたんだけど、再発を繰り返して……」

脳裏に、闘病中のお兄ちゃんの姿が映る。

全部覚えてる。お兄ちゃんが、どうやって病気と闘っていたか。そのすべてを。

「二年半……がんばったけど……肺に転移して……余命を言われて……それから三カ月後の冬の寒い日……お兄ちゃんは……逝《い》っちゃった……」

きっと一生忘れることのできない二年半の記憶を、さらに胸に刻みつけるように言葉にすると、手が、ふっと軽くなった。

目を開けると、持っていたはずのペットボトルが久我くんの手に渡っていた。

久我くんは、なにも言わずただじっとあたしの目を見つめていた。

「……ごめんね。こんな話、して」

謝らずにはいられなかった。

だって。

久我くんの目が、見たこともないくらい切なげに揺れていたから。

こんなこといきなり打ち明けられて、びっくりするよね。重いよね……。

やっぱり話さなきゃよかったかな、と後悔《こうかい》の念にとらわれていると。

「こんな話、じゃないよ」

久我くんは、ゆっくり首を横に振る。

「そんな大切なこと、話してくれてありがとう」

そして、まだ震えているあたしの手を優しく握った。

……久我くん。

その手は、あたしの手をすっぽり包んでしまうほど大きくて、心許なかった気持ちまで包んでくれているようだった。

不思議と、震えが収まっていく。

「正直……すごいびっくりしてる」

選ぶようにゆっくり言葉を落とす久我くん。

「つらい思いしてたんだな」

寄りそってくれるような言葉に、涙腺がゆるみそうになった。

「俺、ガキだし……なんて言っていいのかわかんないけど」

ううん。

「今一番に思うのは、悲しい思いしてた永井に、なんてこと言ったんだろうって。自分に腹立って仕方ない」

『兄貴にどうにかしてもらえばいいんじゃないの?』

『兄貴は知ってんの?』

『親友の妹とか、結構脈アリなんじゃないの?』

思い出した言葉は今でも胸にチクッとくるけど、知らなかったんだもん。責めることでも、謝られることでもない。

それでも、久我くんは苦しそうに顔をゆがめた。

「……いろいろ無神経なこと言って、悪かった」

「そんなふうに思わないで。久我くんが言ってくれたのは、ふつう誰でも思うことだろうから。それにあたし……今まで誰にも恋愛相談したことなくて……だからあんなふうに助言してもらえたのも初めてで……こんな言い方おかしいけど、ちょっとうれしかったの」

嘘じゃない。

それまで蒼くんへの恋心は、ひとり胸に秘めてきたんだから。

「……そう言ってくれると、救われる」

ようやく久我くんは少し口角を上げた。

「桜園に入ったのは、お兄ちゃんが行きたい高校だったからなんだ」

「そうだったんだ」

「お兄ちゃん、ずっと入院しっぱなしで受験もできなかったから、せめてあたしがって」

「…………」

「でも、レベル高いから大変だった」

そう言って笑うと、久我くんも同調するようにふっと笑った。

「あたしね、このこと話したの、久我くんが初めてなの」

「え、田中にも言ってねえの？」

「うん……。伊織ちゃんには言おうと思ってるんだけど、きっかけがなくて」

今は、広瀬さんたちに感謝の思いすら湧きあがる。

さっきは焦ったけど、結果的に打ち明けるきっかけをくれたんだから。

「言った方が……いいよね？」

少し迷いながら久我くんに目を向ける。

身長差があるせいか、座っていてもあたしは久我くんを見上げるような形になる。

すると、彼は一瞬驚いたように目を見開いた。

「えっ、あ。ああ……田中に？」

慌てて顔を正す久我くんだったけど、その顔は少し赤らんでいるように見えた。

暑いのかな？

不思議に思ったけど、そのままうなずいた。

「うん。なんだか秘密を作ってるみたいで、少し心苦しいの。それに、遅くなればなるほど、なんで言ってくれなかったのってなるかなって」

仲よしならなおさら。

女の子の友情にヒビが入るのが簡単なこと、あたしはよく知っている。

「これは秘密とはちがう。それに、田中はそういうことでどうこう言うヤツじゃないだろ？」

そんなあたしの不安を、彼はきっぱり否定した。

「……う、うん」

「軽く言えるような話じゃないし、永井のタイミングでいいと思う。焦るな」

久我くんの優しい瞳と声に、心が震えた。

だってあまりにも真剣だったから。

こんなふうに考えてくれるなんて、思ってもみなかった。

久我くんが時折見せる優しさは知っていたけど、ほんとに優しい人なんだと思った。

「あ……」

そこで、ふと手に目が行く。

やだっ。

ずっと握られたままだったんだ！

「わっ！」

久我くんは、慌てたようにその手を離した。

ぶわっと汗が吹き出し一気に体が熱くなる。

あまりに自然すぎて、手を握られていることさえ忘れちゃってたよ。

「ごめんっ」

「ううんっ」

久我くんの顔も真っ赤。

「ああっ！」

「えっ？」

いきなり久我くんが大きな声をあげるものだから、オーバーに驚いてしまう。

「はぁー……やべえ……蒼先輩に……」

そんなあたしの隣で頭を落とす久我くんは、落ちこんでるって顔。

「どうしたの？」

頭なんて抱えて……。

「いや……自分のガキさにあきれてるところ……」

ん？　いったい、なんの話だろう？

苦い顔をしている久我くん。だけど、理由はわからなかった。

「ふふっ」

「笑うなよ、マジで今へこんでんだから」

久我くんは少し困っているようだったけど、あたしは不思議とすっきりした気持ちだった。

話したことで、また腫《は》れ物《もの》に触るような扱いを受けるかと心配していたけど。

そんな空気にはまったくならなくて。

久我くんは、変わらなくて。こんなふうにも笑えて。

話せてよかった。

一番先に伝えたのが、久我くんでよかったと心から思った。

Chapter three

不器用な優しさ

「ねーねー、見てた？」

ある日の一時間目の授業が終わるや否や、伊織ちゃんが振り返ってそう聞いてきた。

——ギクッ。

「う、うん」

「やっぱり！　カッコよかったね！」

とまどいながらあたしがうなずくと、伊織ちゃんはニコッと笑った。

窓の外に見えるグラウンドで、蒼くんのクラスが体育の授業をしていたのだ。

グラウンドにいる蒼くんを眺められるのが、この席のいいところ。

でも、その時間の授業はまったく身が入らないので困ったことにもなるんだけど。

今日はサッカーをしていた蒼くん。まるでサッカー部員かのように活躍していた。

あまりに上手で見とれちゃった。運動なら、なんでも得意なんだろうなぁ。

「お、蒼先輩じゃん」

休み時間のたびに久我くんのもとへやってくる工藤くんも、窓の外の蒼くんに気づいたみたい。
「蒼せんぱーい」
開いている窓から叫ぶものだからドキッとした。
普段から声の大きい工藤くんが叫ぶと、それはグラウンドにも響きわたったようで。
校舎へ引きあげる途中だった蒼くんが、その声に気づき振りむいた。
わっ、こっち見た！
「お疲れでーす」
再び工藤くんが声を張りあげると、それに応えるように蒼くんが手を挙げた。
白い歯をのぞかせながら。
――ドキッ！
その笑顔の破壊力といったら。
あたしを見てくれたわけでもないのに、それだけでもう幸せ。
今日はすっごくいい日かも。工藤くんありがとう！
ひそかに感謝する。
「蒼先輩、今日もイケメンだな～」
蒼くんの姿が見えなくなると、工藤くんはまるで女子のような発言をし、そのあと
心臓が止まるようなことを言った。

「さすがリア充は、イケメンっぷりも駄々洩れってわけか～」

……え？　リア充って、誰のこと？

その疑問を、すかさず伊織ちゃんが工藤くんに向ける。

「ねえ、リア充って誰が？」

「んー？　蒼先輩のことだけど」

「ちょ、ちょっと。リア充って、意味わかってる？」

「ああわかってるさ。この間蒼先輩、試合に彼女連れてきてラブラブだったんだよ」

彼女って？　蒼くんに、彼女……？

なんの話をしているのかまったくわからない。

「帰りなんて、恋人つなぎして学校出てったぜ。他校だったから油断してたのかもしれないけど、俺ばっちり見ちゃったし！」

得意げに話す工藤くんを前に、あたしは息をのんだ。

「絢斗っ……！」

そのとき、久我くんが焦ったように工藤くんの腕を引っぱった。

「おい、なにすんだよっ」

「いいから黙れ！　こっち来い！」

どう見ても不自然な行動。

そのまま久我くんに羽交い絞めにされながら、教室を出ていく。

まるで、この話を終わらせるかのよう。

その様子が、工藤くんの言ったことのリアルさを余計に増す。

「美紗……？」

気遣うようにあたしを呼ぶ伊織ちゃんの声が、どこか遠くに聞こえた。

蒼くん、彼女いたの……？

頭の中は真っ白だった。

あまりにびっくりしすぎて、涙も出てこない。

ただ放心して、なにも考えられない。

「美紗ぁ……」

あたしの手を両手でぎゅっと握ってくれる伊織ちゃんの手が、温かいってこと以外は。

蒼くんに一番近い女の子は、あたしだと信じて疑わなかった。

どこからそんな自信が来るのか、自分でもわからないけど。

お兄ちゃんのことでいっぱいだった蒼くんは、好きな人がいる素振《そぶ》りを見せたことなんてなかった。

だから、安心していたのかもしれない。蒼くんには、彼女なんていないって。

でも、ちがったんだね。

蒼くんも男の子だもん。

女の子として大切にしたい人がちゃんといて、あたしを気にしてくれるのは、やっぱりお兄ちゃんの〝妹〟だからで。

あたしなんて結局、蒼くんにとって最初から最後まで〝妹〟にしかなれなかったんだ。


次の授業なんてまったく身に入らなかった。

まだ現実を受けとめきれない。

でもきっと、まちがいないんだろう。

〝女の子と手をつなぐ〟

蒼くんが遊びでそういうことをする人じゃないのは、あたしが一番よくわかってる。

モテるけど、チャラいわけじゃない。

好きな人じゃなきゃそんなこと絶対しないって確信があるからこそ、それが嘘じゃないって証拠になる。

ぼんやり窓の外に目を向けると、そこには誰もいないグラウンド。

風が強いのか、砂ぼこりが舞っている。

……いい一日になりそうだと思ったばかりなのに。

――ブルル。

スカートの中でスマホが震えた。

こんな時間に誰だろうと思いながらスマホを取り出す。

「えっ……」

一瞬固まってしまった。

表示されていたのはトークアプリのメッセージで、送り主が久我くんだったから。

連絡先を交換したきりまだ一度も使っていなくて、初めてメッセージがのったトーク画面。

すぐに久我くんに顔を振るけど、こっちを見ているわけでもスマホを手にしているわけでもなく、前を見て平然と授業を受けている。

……なんだろう。

困惑しながらメッセージに目を落とす。

《大丈夫か？》

久我くん、心配してくれてるんだ……。

さっきも、爆弾発言をした工藤くんをあたしの前から離したりして。

このメッセージは、蒼くんに彼女がいることをさらに肯定《こうてい》するけど、彼らしい優しさに心が救われる。
あたしは先生の目を盗みながら、画面に指を滑らせた。
《ありがとう》
そう送ったあと。
《久我くんも知ってたの？》
そう続けた。
するとすぐに返信が来て、あたしたちはしばらくやり取りをした。
《ごめん。でも知ったのはほんと最近なんだ》
《そっか》
《わざわざ言うのもなんか変だし……ごめん》
《ううん。久我くんが謝ることじゃないよ。それに、いつかはわかることだから》
《そうだな》
《よく考えたら、蒼くんに彼女がいない方がおかしいよね。それを想定してなかったなんて、ちょっと甘かったな》
《俺も蒼先輩はフリーなのかと思ってたから驚いた》
《相手の女の人、どんな人か見た？》
《後ろ姿だったからわからない》

《そっか。ヘンなこと聞いてごめんね》
目と目を合わせていないからか、思ったことを素直に言えた。
面と向かっては、こんなスムーズに会話できないはず。
《大丈夫。そんで、どうすんの？》
《どうするって？》
《蒼先輩のこと。その……あきらめんの？》
〝あきらめる〟……か。
告白する勇気もなかったけど、あきらめるなんて選択肢もなかった。
いつまで想い続けるとか、考えたことなんてなかった。
蒼くんが好き。
それがあたしであって、そうじゃない自分なんて想像もできないくらい自然な想いだった。
だから、あきらめるなんてまったくピンとこないけど。
《そうなるかな……。このまま想ってても、蒼くんに迷惑がかかるだけだから》
あたしには、一ミリも脈がないって証明された。
きっと、彼女さんよりも長い付き合いのはずなのに、蒼くんの気持ちを恋愛対象として向かせることはできなかったんだから。

《彼女から奪ってやろうとか思わないの？》

《まさか。蒼くんの幸せを壊すようなことはしたくないよ。それに、蒼くんが選んだ人なら、きっと素敵な人だと思う》

そこまでの想いがないとか、そういうのとはまたちがうの。

蒼くんの幸せ。それはあたしが幸せになれないとか関係なく、願わなきゃいけないことだから。それは家族の一致した願いでもある。

既読《きどく》はついたのに、なかなか次のメッセージが送られてこない。

チラッと横目で見ると、久我くんはスマホの画面を見たまま動きが止まっていた。

返事に困ったのかな。

あたしの想い、久我くんには共感できない……？

しばらくすると、久我くんの指が動いた。

どんな返事が来たのか、ドキドキしながら画面に目を落とすと。

《知ってる？　谷センてヅラらしい》

「ふっ」

わっ、やばい。声が出ちゃった。

谷セン、とは今授業をしている谷井《たにい》先生のあだ名。

っていうか、さっきの返事がこれ？

反則でしょ、と思いながら隣を見ると、久我くんがこっちを見て口もとにひとさし指を立てていた。その姿がまたおかしくて笑ってしまう。
《笑わせたの久我くんでしょ！》
そう返信すると、反省しているような猫《ねこ》のかわいいスタンプが送られてきた。
久我くんもこんなかわいいスタンプ使うんだ。なんだか意外。
《ちなみに、谷センの車のフロントガラスにはアニメキャラクターのぬいぐるみが敷《し》き詰められてる》
《そうなの？》
《四十五歳独身。趣味《しゅみ》はひとりで夢の国へ通うこと》
なんと！　ちょっとコワモテの谷井先生に、そんなかわいい趣味があったとは。
これから見る目が変わりそう。
蒼くんの話をしていたはずが、いつの間にか雑談になっていた。
「ふふっ」
こらえられなくて、たまに肩が揺れちゃうことも。
こんなふうに、授業中に誰かとメッセージをやり取りするなんてことも、あたしにとっては初めての経験。
先生に見つからないようにというスリルの中でのやり取りは、すごくドキドキした。

そのとき視線を感じて、隣に顔を向けると……穏やかな瞳の久我くんが、あたしを見ていた。まるで、安心したように。

……あ。

次から次へと入ってくるおもしろネタに、蒼くんのことは頭から抜けていた。

心配して送ってくれたものが、元気づけるメッセージに変わっていた。

蒼くんに彼女がいる。

その事実はすごく胸が痛くて苦しいのに、その気持ちを共有してくれた久我くんの心に、あたしは今、まちがいなく救われていた。

ばいばい、初恋

それからは、なるべく蒼くんに会わないように過ごした。

でもそういうときに限って姿を見てしまうものだから、声をかけられないように避け続けた。

こうやって距離を取っていれば、いつかきっと、綺麗な初恋の想い出だけを残せるはず。そう、信じて。

「ごめん、今日体育委員でランチミーティングがあるの忘れてた！」

伊織ちゃんがそう言ったのは、四時間目が終わった後。

これからさあお弁当、というときだった。

「ランチミーティング？」

「うん。みんなでお昼食べながらミーティングするの。二学期にクラスマッチあるじゃん？　その企《き》画《かく》を兼ねての」

そっか。伊織ちゃん、体育委員だもんね。

「クラスマッチか……。あたし、運動苦手だから気が重いなぁ」

とくに球技なんて大の苦手だけど、クラスマッチはほぼ球技だし。

まだ先のことだけど、ちょっぴり憂鬱。

「あたしもなの。なのにくじ引きで体育委員になっちゃうし、はぁ……」

「伊織ちゃん、あたしにできることあったら手伝うからね」

「ありがとう。ってことで、美紗、お昼だけど……」

伊織ちゃんがそこまで言いかけたとき。

「美紗ちゃん、俺らとメシ食わねー？」

やっぱり今日も会話を聞いていたのか、工藤くんがそう言いながらやってきた。

「でも……」

いいのかな。ほかにも一緒に食べてる仲間がいるはず。なのに、あたしなんかが交ざっちゃって。女子と食べるなんて、イヤっていう人もいるかもしれないし。

「気にすんなって。学食ってわーっとしてるし、空いてる席にいろんなヤツ座ってくるし、男ん中に女の子ひとり交ざってるとか、そんな感じしないから」

あたしの不安を汲んでくれたのか、工藤くんがニコッと笑う。

「それならよかった！　美紗がひとりになっちゃうのが心配だったの」

うれしいことを言ってくれながら、伊織ちゃんは胸をなでおろした。

「いい……の？」

久我くんは……？　そう思いながら彼にも目を向ける。

「だって友達だろ？」

すると、優しく笑ってくれた。

——トクンッ。

友達、だなんて。

クラスの中で仲はいい方だと思っていたけど、あらためて言葉にしてもらえるなんて。

その響きがとても新鮮《しんせん》で、うれしかった。

久我くんたちは、いつもクラスの数人の男の子と食べているようで、ほかの男の子たちもあたしを快く仲間に入れてくれた。

工藤くんが先頭を切って話題を振ってくれたし、すごく楽しいお昼を過ごせた。

あたしがひとりぼっちになることを危惧《きぐ》して、誘ってくれたんだよね。

工藤くんの優しさに感謝しなきゃ。

結局、昼休みが終わるギリギリまであたしたちは学食でしゃべっていた。

「あー食った食った」

「あとは部活までひと眠りするかー」

「バーカ、次数学だから寝れねーぞ」

「ゲッ！」

そんな会話にあたしも笑いながら学食を出ようとすると、同じく学食を出ようとする人波の中に、蒼くんの姿を見つけてしまった。

——ドクンッ。

足が止まる。

やっぱり今日もここにいたんだ。

ちょっと気にはしていたけど、気づかなかった。

今までなら偶然《ぐうぜん》会えることに幸せを感じていたのに、今日はすごく胸が苦しい。

彼女がいるという事実が、あたしの心に黒い影を落とす。

あきらめなきゃいけないのはわかってるけど、やっぱり胸がこがれてしまう。

忘れたいけど……すぐには無理みたい。あれだけ好きだった人だから。

久我くんたちはもう学食を出てしまって、姿が見えない。

でもあたしは動けなかった。

会いたくないと思うのに、ぼんやりとその姿を追ってしまう。

お願いだから、少しだけこうやって見つめさせてください。

気づかれないように、そっと……。

そう思ったのが悪かったのかもしれない。

どうしてか、ふと、蒼くんが振り返った。

「あ……」

蒼くんの目があたしを見たように思えて、口がそう開いたかと思ったら、くるりと方向転換《てんかん》したのだ。そして、その足はこっちへ向かってくる。

嘘っ。なんでっ……。

バクバクと音を立てて鳴り始める心臓。

でも、もしかしたらあたしの後ろに知り合いでもいたのかも……なんていうのはただの現実逃避《とうひ》で、思った通り、あたしの前で足を止めた。

「美紗が学食に来るなんてめずらしいな」

いつもと変わらない笑顔。

「う、うん」

目が見れなくて、無意識にそらしてしまう。

「最近会わなかったな」

それは、あたしが避けてたから。

「あれから体調大丈夫？」

「……うん」

大丈夫だけど……大丈夫じゃないのは今この瞬間。体がカチコチに固まっている。緊張、半端《はんぱ》ない。

彼女がいるとわかって目の前にする蒼くんは、まるで知らない人のよう。

もう絶対に手の届かない人なんだって。〝妹〟以上にはなれないんだって、思い知ったから。

「ならよかった。どうしてるかなって、心配だったから」

そんなふうに思ってくれるのは、すごくすごくうれしいのに。

でもそれは全部、あたしがお兄ちゃんの妹だから。

鼻の奥がツンと痛くなってくる。

気をゆるめると涙があふれてきそうで、唇をかみしめた。

「どうかした？」

言ってしまいたかった。

〝聞きたいことがあるの〟

〝蒼くん、好きな人いるの？〟

〝彼女……いるの……？〟

蒼くんからはっきり聞いたら、あきらめられるのかな。

でもやっぱり……蒼くんの口からは聞きたくない。

「蒼ー、なにやってんだよー。次移動だぞ」

そのとき、学食の入り口から声がかかった。

「やべ、じゃあまたな」

「……うん」

小さくうなずいたあたしに、ポンと手のひらを頭の上に落とすと、太陽みたいな笑顔を残して去っていった。

温かい余韻《よいん》が、涙腺をもっとゆるめる。

こんなふうにされたら、あきらめたいのにあきらめられなくなっちゃうよ。

彼女がいる人を想い続けるなんて、迷惑なことしたくないのに……。

どうしよう、蒼くん……。

「……永井？」

あたしを呼ぶ声が聞こえた。

ハッとして顔を上げると、目の前にいたのは久我くん。

「大丈夫か？」

先に教室に戻ったはずの久我くんが、どうして……。

それよりも、涙を見られたくなくてとっさに顔をそむけた。

「蒼先輩と話してるのが見えたから」

……戻ってきてくれたんだ。

その優しさと言葉が胸にしみて、我慢していたものが瞳から零《こぼ》れ落ちた。

まっすぐに落ちたそれは、床に落ちてはじけ飛ぶ。

胸が苦しい。

やっぱりつらいよ。こんな現実、受け止めたくないよ。

一度落ちてしまった涙の止め方なんてわからなくて、ポタポタと落ちる涙をにじんだ目で見つめるだけ。

すると、久我くんはあたしの手をつかんで歩き始めた。

突然動いた体に、足を取られそうになりながら、引っぱられるままついていく。


――キーンコーン…。

予鈴《よれい》も無視して進む先は、教室とは逆。

「ちょっ……久我くんっ！」

いったいどこに行くの？　もうすぐ授業始まるのに。

あたしの問いかけに答えることもなく、彼は黙ってどこかへ向かう。

やがて階段を上りきり、突きあたった重い扉を開けると、眩しい光が目に飛びこんできた。

さぁあっと吹く風が、髪とスカートを揺らす。

窮屈《きゅうくつ》だった心の中が、一気に解き放たれた気がした。

着いたのは屋上だった。

久我くんは、あたしの手を引いたまま屋上の真ん中まで連れていく。

「ここなら、誰も見てないから」

広い屋上でふたりきり向かいあう。

「泣きたいなら我慢すんなよ」

涙で濡れた目で久我くんを見上げると、彼はあたしを優しく見下ろしていた。

「俺の前では、ほんとのお前を見せていいよ」

久我くん……。

あたしが泣けるように、誰もいないところに連れてきてくれたんだ。

こんなときに、こんなふうに優しくされたら……制御《せいぎょ》なんてきかなくて。

「……っ……うう……うわあああっ……」

我慢していたものを吐き出すように、声をあげて泣いた。

止まらないおえつ。震える肩。隠すことなく、あたしは感情をあらわにした。

「うわっ……ううっ………」

右手で口を覆い、五年分の蒼くんへの想いを吐き出すように。

好きだった。ほんとに、好きだった。

だけどもう、あきらめなきゃいけないね。

それは蒼くんを、困らせるだけだから……。

泣いている間、久我くんはあたしの左手首をずっと握っていてくれた。


「ごめんね……みっともないとこ見せちゃって」

泣きすぎて疲れはてたあたしは、屋上の段差に久我くんと並んで腰を下ろした。

足はガクガクしているし、顔だってきっと涙でぐちゃぐちゃだし……恥ずかしい。

「べつに。みっともなくなんかねぇよ」

久我くんはまっすぐ前を見たままさらっと言い放つ。

その横顔は、いつにも増して凛々《りり》しく見えた。

そんな彼に、あたしの想いを打ちあける。

「……蒼くんが、どうしてあたしを気にかけてくれるのかわかってた。それが恋愛感情じゃないってことくらい……あたしが一番わかってたの」

自分の恋を清算するように。

「あたし、中学時代友達がいなくて……そのときからずっと蒼くんは、あたしを守ってくれてた。きっと、お兄ちゃんの代わりに……そんなふうに思ってたんだと思う。

そんな蒼くんに、あたしは甘えてたんだよね」

『いつまでも蒼くんに甘えてばかりいたらよくないと思うの』

お姉ちゃんが言っていたのは、まちがいじゃなかった。

「でも、これでよかったんだ……。そうじゃなきゃ、いつまでもあたしは蒼くんに甘えてた」

話している間、久我くんは黙って聞いてくれていた。

蒼くんを好きだった五年間、まちがいなくあたしは幸せだった。

蒼くんは、あたしのすべてだった。

蒼くんがいたから、こんなあたしでも毎日が輝いて見えた。

全部、蒼くんのおかげ。

そよそよと吹く風が、濡れた頬を乾かしていく。

「ちゃんと気持ち吐き出せてよかった。一緒にいてくれてありがとう」

どうしてかな。久我くんには、不思議と話せてしまうんだ。

自分の気持ちを伝えるのが苦手なあたしが、こんなふうに自分をさらけ出せるなんて。

久我くんがいてくれて、ほんとによかった。

涙の乾いた顔で、今できる精いっぱいの笑顔を向ける。

「……俺が好きでしたことだし。礼なんていらねぇよ」

照れたように言い放つそれが、また久我くんらしくて安心する。

久我くんって、ちょっとツンデレなところがあるのかな？

普段は男らしいけど、そんなところがかわいいなんて思う。

「……なんだよ」

いつまでもその横顔を眺めていると、ギロッとにらまれた。

「あ、授業！」

大変なことを思い出す。

そういえば、今五時間目の授業中だ。

「今さら？」

慌ててスマホで時間を確認するけど、もう授業が始まって三十分が経っていた。

「ごめんね……。久我くんまで付き合わせちゃって」

「べつにいいよ。どうせ数学だりぃし」

「でも……。それに、ここ入っていいの？」

これも今さらだけど、自分が今いる場所を再認識して慌てる。

屋上なんて一般《いっぱん》生徒が立ち入る場所じゃない。

「開いてんだから、べつにいいだろ」

久我くんはシレっと言うけど。

「屋上っていうと、不良なイメージがあるから……」

「プッ、それいつの時代の話だよ」

久我くんは口を開けて笑うと、ゆっくり腰を上げた。

そのままフェンスギリギリまで進み、金網《かなあみ》に手をかける。

つられるように、あたしもその後を追う。

「いい眺めだね」

一面ここより背の低い建物ばかりが広がっていて、とても見晴らしがよかった。

色とりどりに連なる家の屋根。のんびり走る自転車。ベビーカーを押すお母さん。

そこには、ありふれた日常が広がっていた。

なんだかとても穏やかな気持ちでそんな景色を眺めていると。

「あ……」

ある一点で目が留まった。

それは、見渡す中では、唯一ここより背の高い建物。

──ドクン。

胸の中で、大きく鼓動が鳴った。

「どうかした？」

「あの建物……病院なんだけどね。お兄ちゃんが入院してた病院なの」

「えっ、そうなんだ……」

ここから見えるんだ。知らなかった。

ってことは、向こうからもここが見えるのかな。

もしかしたら、お兄ちゃんは病室から桜園高校を見たりしていたのかな……。

余命が告げられ、ほかの病院に移ることを勧められていたのに、お兄ちゃんは頑《かたく》なにそれを拒《こば》んだ。その理由はわからなかったけど。

もしかして。

向こうからもここが見えるなら、お兄ちゃんは、最期まで陽菜ちゃんの近くにいたかったのかもしれない。

そうだよ、絶対。

収まったはずの涙が再びこみあげ、視界はにじみ、鼻の奥がツンと痛くなった。

お兄ちゃんの最期の時に見た、陽菜ちゃんの泣き顔が脳裏に浮かんだ。

……あたしはただ、失恋しただけ。

お兄ちゃんを永遠に失ってしまった陽菜ちゃんに比べたら……失恋なんて。

陽菜ちゃんのつらさに比べたら、あたしのなんてすごくちっぽけなものに思えて、
鈍い痛みが胸を突き刺した。

久我くんのこと

「じゃあ美紗、よろしくね」

「はあい」

六月下旬になり、本格的な梅雨時期がやってきた。

そんな中でめずらしく晴れた日曜の午後、お母さんから用事を頼まれてあるところへ向かった。

それは……お兄ちゃんが入院していた病院。

ずっとお世話になった看護師さんが六月に結婚《けっこん》することを以前から聞かされていたので、結婚祝いを届けに行くんだ。

お母さんから預かった手提《てさ》げ袋を持ち、バスに乗る。

懐かしいなぁ……。何度こうやって病院へ通っただろう。

車窓に流れる見慣れた景色をぼんやりと目に映しながら、バスに揺られること十五分。

病院前のバス停で降りると、目の前にそびえたつ大きな建物。

十二階建ての、県内でも有数の大学病院だ。

お兄ちゃんが入院していたのは六階。

久々だけど、二年半も通った病院。体はしっかり覚えている。

慣れた足取りでエレベーターホールまで行き、すぐやってきたその箱へ乗りこむ。

でも、今までとひとつだけちがうのは。

……向かう先にお兄ちゃんがいないってこと。

六階に到着し、ほんの少しの寂しさを胸に持ちあわせながらナースステーションへ向かうと、見慣れた顔がいくつも目に飛びこんできた。

わぁ……懐かしい。

今日も、あのころと変わらずみんな忙しそうに働いている。

そんな様子を遠目からしばらくうかがっていると、声をかけられた。

「あれっ？　美紗ちゃん？」

その人は、まさに会いたかった看護師さんだった。

五十嵐琴羽《いがらしことは》さん。

あたしとひとまわり年のちがう五十嵐さんは、天真爛漫《らんまん》で明るく元気。

お茶目な一面もあって、少女のような笑顔がとてもかわいらしい人だ。

それでいて、患者《かんじゃ》やその家族の気持ちに寄り添ってくれる、素敵な看護師さん。

お兄ちゃんの前では泣けなくて、病室を出ると決まって五十嵐さんの元へ行って泣かせてもらっていた。

いつもあたしを優しく包んでくれて、気持ちを開放できる存在だった。

「五十嵐さん！」

声をかけると、驚いた顔をしながらもうれしそうにあたしの元へ来てくれた。

「わぁ、久しぶり！　元気にしてた……？」

「はい」

少し寂しそうな笑みを浮かべる五十嵐さんにも、きっと同じ思いがあるのだと思うとうれしくなる。

お兄ちゃんのこと、五十嵐さんはほんとに悲しんでくれたから。

「今日はどうしたの？」

「母からの預かりものを五十嵐さんに届けに来ました。ご結婚おめでとうございます」

お祝いの言葉を口にしながら紙袋を手渡す。

「えっ。私に？」

「はい」

「ありがとうっ」

満面の笑みを見せた五十嵐さんは、せっかく来てくれたんだから座って少し話そうと言ってくれた。

でも、お仕事中だし悪いと言ったら、患者さんだった方のご家族とお話しすることも仕事なんだから大丈夫と言ってくれた。

あたしたちは、廊下の長椅子に腰を下ろした。

「あれから半年か……。早かったね……」

隣に座った五十嵐さんがしみじみつぶやく。

お兄ちゃんが亡くなったあと、五十嵐さんはあたしと一緒に泣いてくれた。いつもあたしの涙を受けとめてくれていた五十嵐さんの涙を、初めて見た瞬間だった。

看護師さんはこういう場面に慣れすぎて、涙なんて出ないものだと思っていたのに。

誰かの大切な人としてお兄ちゃんのことを見ていてくれたんだと、とても救われたんだ。

「はい。あたしも受験をして高校に入学して……なんだか目まぐるしく時が過ぎていった感じです」

「そっか、受験だったもんね。大変だったね。ご家族のみなさんも、変わりない？」

しばらく、家族のことやお兄ちゃんの思い出話をしていたんだけど。

「聞いてもいい？　美紗ちゃん今、あの学校に通ってるの？」

遠慮《えんりょ》がちに言った五十嵐さんは、窓の向こうに見える校舎を指さした。

そこには、学校の屋上から見えた逆の景色があった。

やっぱり、病院からも桜園高校が見えるんだ。

五十嵐さんにも、志望校は桜園だと伝えていた。その理由も。

「はいっ、無事に合格しました。つらかったけど、最後の追いこみだけは無心でがんばりました」

「わぁっ、おめでとう。よかったね。私もうれしいな」

ニコニコと笑顔を見せてくる五十嵐さんは、今幸せの絶頂のはず。

好きな人と結婚したんだから。

あたしは失恋しちゃったけど、五十嵐さんの幸せそうな顔を見ていたら、あたしまで幸せな気分になる。

「それから……。蒼くん……彼女できちゃったんですよ」

五十嵐さんは、蒼くんのこともちろんよく知っている。

あたしが蒼くんを好きなことも、なぜか五十嵐さんには話せていた。

誰にもできない恋の話を、五十嵐さんにだけはしていたんだ。

幸せそうな五十嵐さんのおかげか、へへっと少し笑いながら口にできた。

「そっか……そうなんだ」

「でも、今までお兄ちゃんのことばっかり気にしてくれた蒼くんだから、これからは蒼くんに幸せになってもらいたいなって。あたしは蒼くんの恋を応援することにしたんです」

「えらいえらい」

五十嵐さんはあたしの頭をなでてくれた。

「美紗ちゃんにも、必ず素敵な人が現れるよ」

「そう……ですか？　あたしなんてなんにもとりえないし、明るいわけでもないし。あたしのことを好きになってくれる人なんて、いないですよ」

視線が下がる。

協調性がないから友達も離れていったし、先輩にも目をつけられてばかりだったし。

「そんなことないよ。美紗ちゃんはすごくいい子。美紗ちゃんのこと、もう三年前から知ってるけど、優しくてこんないい子いないなって思うよ？　もっと自信持って」

そんなふうに言ってくれるの、五十嵐さんだけだよ。

「遥輝くんにとっても、自慢の妹だったでしょ？」

お兄ちゃんは、あたしをすごくかわいがってくれた。

蒼くんに向かって冗談で『蒼にはやらねーよ』なんて言ってたっけ。

「だから、美紗ちゃんには素敵な恋をしてほしいなって思う」

優しい言葉の数々に、ゆっくり顔を上げる。

あたしを見つめるその目は、まるで祈りが込められているかのように真剣だった。

だけど、自信がない。

「……蒼くんが初恋だったから……どうやったらこの想いをなくせるのかとか、次の恋の仕方がわからなくて。それに……こんな想いをするなら二度と恋なんてしたくない……」

正直、まだ胸が痛い。お兄ちゃんを失った痛みとはちがうけど、蒼くんともこの先、ともに歩むことは絶対にないんだから。あたしは蒼くんを好きすぎたんだ……。

「それって、誰でもそうだよ？」

「え？」

「初恋が叶う人の方が少ないと思わない？」

「それは……」

「生涯《しょうがい》でひとりの人だけを想い続ける人生なんて、そうそうないの。失恋したばかりのころは、次の恋なんて絶対に無理って思うかもしれない。でも、一度恋をしたことがある人は、恋の仕方を知ってるから。別の誰かと同じ時を過ごしていくうちに、恋に変わる瞬間がきっとあって。気づいたら、初恋の人を想い出に変えられているんだと思う」

別の誰か……か。まだ見ぬ未来。ほんとにそんな日が来るのかな……。

「美紗ちゃん、かわいいんだから自信持って！」

ね、と肩をたたかれた。

「そんなことっ……」

お世辞だとわかっているけど、照れくさくて五十嵐さんに突っこみを入れる。

「五十嵐さんのご結婚相手は、初恋の人じゃないんですか？」

今の話を聞けば、きっと初恋の人じゃないように感じるけど……。

「初恋は幼稚園《ようちえん》のときだったかな？　ふふっ」

「えー」

うまくはぐらかされちゃった？

「なんてね。私、二十八歳だから。今の夫とは病院に勤めてすぐに知りあって、実際お付き合いを始めたのはそれから五年後のことだったし」

「わぁ、お友達期間が長かったんですね？」

「うん……」

五十嵐さんは口を閉じたままうなずくと、さっきまでの口調を一変させた。

「私ね。高校生のときに、好きだった人を亡くしてるの」

「えっ」

突然の告白は、あたしの言葉を詰まらせた。

「私には彼以外考えられない。私は永遠に彼を想い続けるんだろうって思ってた」

真剣な横顔。

初めて語られる彼女の話に、あたしは耳を澄ませた。

「彼はもういないし二度と会えないけど、心の中にずっといるっていう意味では、一生自分の近くにいる。ある意味、誰のものにもならないしずっとふたりでいられると思ってた」

信じられなかった。

いつも明るく笑顔の絶えない五十嵐さんに、そんな過去があったなんて。

「私も看護師になって忙しい毎日を送っていて、しばらくはずっと心の中の彼とだけ話していた気がする。そんなとき声をかけてくれたのが、今の夫だったの」

前を向いて遠い目をするその口もとをじっと見つめた。

「夫は、亡くなった彼のこともすべて受けいれてくれて。心の中に彼がいる私でもいいと言ってくれたの。夫はすごく優しくて、言葉や行動に何度も心が揺さぶられた。やっぱりひとりで生きていくのはつらくて、そばにある温かい手をつかめたらって思った。そう思えば思うほど、そんな自分がすごくイヤになった。……でもね」

五十嵐さんは、あたしを見て優しく微笑む。

「それが、生きてるってことなんだと思った」

「………」

あたしのちっぽけな失恋話のために、大切な過去の話をきかせてくれた五十嵐さん。申し訳なさと感謝と、いろんな思いがごちゃ混ぜになり、うまく言葉が出てこない。

五十嵐さんはあたしに向かってもう一度言った。

「私たちは、生きてるんだもん」

まるでそれは、お兄ちゃんの思いも含まれているようだった。

生きたくても生きられなかった。恋をしたくてもできなかった、お兄ちゃんの。

「だから、自分のことを好きになってくれる人がいないとか、二度と恋したくないとか、そんな悲しいこと言わないで」

「五十嵐さん……」

「亡くなった彼は、最後まで私の幸せを望んでいてくれたの。だから、私も今の夫と幸せになろうって決めた。今は、人生で最高の出会いができたと思ってる」

笑顔だけど、うっすら目に涙を浮かべた五十嵐さんは、亡くなった彼を想っていたのかもしれない。

胸が……熱くなる。

「患者さんの家族にこんな話したの初めて。でも、美紗ちゃんは妹みたいにかわいいから特別！　お母さんたちには内緒だよ」

そう言っていたずらっぽい目で笑う五十嵐さんは、やっぱり少女みたいにかわいかった。

「五十嵐さん……ありがとうございます。あたし、がんばります。次の恋……できるように」

お兄ちゃんのためにも。そして、あたし自身のためにも。

五十嵐さんと別れ、ここへ来たときよりも温かな胸を抱えてエレベーターホールまで向かう。

いっぱいおしゃべりしたから喉が渇《かわ》いちゃった。

「そうだ、あれ飲もう」

病院に来ると、よく買っていた大好きな飲み物があったんだ。

それを久しぶりに飲もうと、近くの自販機《じはんき》に向かったんだけど。

「あ、売り切れ……」

そこには売り切れを示すランプ。

残念だなぁ……と思いながら自販機を眺めていると。

「永井……？」

「へっ？」

名前を呼ばれたことに驚きつつ振り返ると、そこにいたのは久我くんだった。

「ど、どうして久我くんがっ」

こんなところで会うなんて、夢にも思っていなくてびっくりする。

「永井こそ。どっか具合悪いのか？」

「ううんっ。お兄ちゃんが入院してたときお世話になった、知り合いの看護師さんに会いに来たの」

「あーそうなんだ。で、自販機見つめてなにしてんの？」

「あ、このね、桃のジュースを買おうと思ったら。ほら、売り切れで」

〝売り切れ〟と表示された赤いランプを指さす。

「また桃……」

久我くんは、どこかあきれたように言う。

うぅ……。そうです。あたしは桃が一番好きなんです。

「ちょっとこっち来てよ」

するとそう言いながら、元来た廊下を歩いていく久我くん。

どこに行くのかわからないまま後をついていくと、南病棟《みなみびょうとう》の談話スペースに着いた。

「たしかあったはず……、やっぱりあった」

久我くんはホッとしたように言って、お金を取り出しジュースを一本買う。

「はい、これ」

渡されたのは、さっき向こうで売り切れだった桃のジュース。

「どうしてこれ……」

「ここにあるの、知ってたから」

「え～、すごい！」

得意げに胸を張る久我くんを、ほんとにすごいと思った。

これ、結構マイナーなジュースなのに。

「ほんとにありがとう。うれしい……あ、お金！」

お金を取り出そうとすると、久我くんは手で制した。

「金はいらない。その代わり、少し付き合ってくれる？」

そう言うと久我くんはテラスに出る。

なんだろう？

そう問いかける暇もなく、あたしも後をついていく。

太陽は出ているものの梅雨の合間ということもあってか、空気は少し湿気をはらんでいた。

「久しぶりに来たな」

独り言のようにつぶやいて伸びをする久我くんの隣で、あたしはもらったジュースをごくっと喉へ流しこんだ。

あー、やっぱりおいしい。

「それ、うまいの？」

「うんっ。果肉のとろみなのかな？　ザ、桃！って感じですっごくおいしいよ」

「へー」

「よかったら久我くんもっ。……あ」

そこまで言って、慌てて言葉と出しかけた手を引っこめた。

あたしってば、なに言おうとしてたんだろう。

飲む？なんて、間接キスになっちゃうのに！

うあぁっ……恥ずかしすぎる……。

この間のグミ感覚で言ってしまった自分を激しく後悔。

「ははは。自分で言って真っ赤になってんの」

「ううう……」

しっかり意味まで理解されて突っこまれちゃった。

湿った空気のせいもあるけど、急に熱くなって体が汗で少しべたつく。

ところで、なにか用があるのかな。

付き合ってといったわりには、特別なにかを話すわけでもないし。

……なんだろう？ ただの暇つぶしかな。

ここから見える一階の芝生《しばふ》では、お見舞いに来ている子なのか兄弟らしきふたりが追いかけっこをしている。

仲よさそうにきゃきゃっとはしゃぐ声がここまで届く。

そんな声に交じって、聞こえた。

「ばあちゃん、もう長くないらしい」

「え……」

ゆっくり久我くんに顔を向ける。

唐突《とうとつ》に切り出されたのは、思いもよらない言葉だった。

「この病院に、一緒に住んでるばあちゃんが病気でずっと入院してて、俺よく見舞いに来てるんだ」

「え、そうなの？」

だから久我くんはここに……。

胸がぎゅっと痛くなった。

家族が病気入院しているつらさ。あたしにはわかるから。

「俺さ、ばあちゃんに育てられたんだ」

ポツリと久我くんが話し始める。

「うちの両親、大学教授やってて忙しくて。物ごころついたときから、遊び相手はいつもばあちゃんだった」

あたしは黙って久我くんの口もとを見つめた。

「俺が中学に上がったころ、骨折して入院したのが最初だった。それから、いろんなところが悪くなって、年明けからはずっと入院しっぱなしだったんだけど」

そう言って、軽く息をつく。

「もう、家には帰るのは無理だろうって」

そう言うと、唇をかみしめて、頭を下に落とした。

「……ごめん、こんなこと聞かせて」

頼りない声。

いつもあたしに力をくれる彼とは真逆の姿にハッとしながらも、気持ちは痛いほどわかった。きっと、ひとりで抱えていたくなかったんだ。

『付き合ってくれる?』

誰かに寄り添っていてほしい。話を聞いてほしい。気持ちをぶつけたい。

あたしには、それがわかりすぎた。

ベンチの上に無防備に置かれた彼の手。

その上に、自分の手をそっと添えていた。無意識だった。

ピクッと久我くんの肩が上がり、ゆっくりこっちに顔を向ける。

目にたまった光るものが見え、心臓が波打った。

「ううん」

普段、学校では見せたことのない久我くんの心の中をのぞいた様な気がして、そう言うので精いっぱいだった。

励《はげ》ましの言葉なんて見つからない。きっと今はどんな言葉をかけられたって、気休めにもならないことをあたしは知っている。

だから、ただ手を握る。

それは言葉よりも力があることを、本能で感じたから。

あたしがお兄ちゃんの話をしたとき、久我くんもこうしてくれた。

今のあたしみたいに、無意識にそうしてくれたんだよね。

久我くんは、ありがとう、とでもいうようにその手をそっと外した。

「は――――っ」

そして大きく息を吐きながら、空を見上げる。

その横顔が、なんだかとても綺麗だった。

「しょうがねえよな。いつまでもばあちゃんに頼るわけにもいかないんだし」

ふっと、顔をこっちに向けて笑う。

「聞いてくれてありがとな。ばあちゃんの顔見たあと、そのままひとりでいるの、いつもきつくて。今日は永井がいてくれてよかった」

——ドクンッ。

「……こんなあたしでもお役に立ててよかったです」

誰でもよかったと思うけど、久我くんに必要とされたみたいで、なんとなくくすぐったい気持ちになる。

「永井は強いよな」

「えっ」

「お兄さんのこと。……俺なんかに比べたら、永井の方がよっぽどつらい経験してんのにさ。なんか自分が情けねぇよ」

そう言って、苦笑いした。

久我くんが心の中を見せてくれたから、あたしも本音で語れる。

「ううん。全然強くなんかないの。だってまだ、お兄ちゃんが眠ってるお墓に行けてないもん。……お兄ちゃんの死を受けいれられてない証拠だよね」

こんなんじゃダメだってわかってるけど。

「……みんなが前に進んでいってる中、あたしだけ置いてかれちゃってる」

自嘲《じちょう》気味にふふっと笑うと久我くんは、あたしに真剣な表情を向ける。

「いいんだよ、それで。永井は永井のペースで進んでいけば」

肯定してくれるような言葉に、心が軽くなる。

自分がすごくダメな人間に思えていたけど、それでもいいんだって言ってくれたような気がした。

「あのさ」

吹っきれたような表情を浮かべたかと思えば、今度は少し照れた顔の久我くん。

「うん？」

「永井のこと……美紗、って呼んでいい？」

あたしを名前で？

まさかそんなことを言われるとは思わず、息をのむ。

目もぱちぱちさせてしまう。

「ダメ？」

「えっ……。う、ううんっ、ダメじゃないっ！」

でも、ドキドキする。

あたしを名前で呼ぶ男の子なんて、蒼くん以外にいなかったんだもん。

「じゃあ……美紗、って……呼ぶな？」

「は、はいっ」

「プッ」

かしこまった返事をしてしまうと久我くんがふき出し、あたしもつられて笑う。

久我くんの顔はほんのり赤いけど、きっとあたしだってそうだ。

ううん。久我くんより赤いはず。

あれ？　あたし今、素直にうれしいと思ってる。

久我くんとの距離がまた縮んだこと。

「じゃあ、帰るか」

「うん」

「付き合ってくれてありがとな」

「どういたしまして」

立ちあがって隣に並び、そっと久我くんを見上げて、出かかった声を押しもどす。

〝……あたしも、凜太朗くんって呼んでいい……？〟

そんなふうに言う勇気は、あたしにはまだなかった。

雨音ときみの胸

七月に入っても、まだ梅雨は続く。

じめじめするし、肌もべたついてすっきりしないから、この季節はちょっと苦手。

あたしは直毛だから湿気で髪が広がる心配はないけど、伊織ちゃんは『クセ毛だから広がっちゃって大変』と言っている。

それほど広がってもないし、それはそれでふわふわしててすごくかわいいと思うんだけどなぁ。

今日も朝からしとしと雨が降っている。

「あたしも美紗みたいにストレートな髪だったらなあ」

お昼ご飯を食べたあと、トイレでストレートアイロンを髪に当てるのが最近の伊織ちゃんの日課。

今もその帰りで、これから教室に戻るところ。

伊織ちゃんはアイロンの入ったポーチを片手に、もう片方の手であたしの髪をもてあそんだ。

背中まで伸びた髪の毛が、耳もとでさらりと揺れる。

「全然気にすることないよ。あたしなんて、ぺったんこだからもっとふわっとしたいなぁって思うもん」

「ふわふわならいいの。あたしはぐるぐるなの～」

「え～わかんないって。気にしすぎだよ」

「ストレートの子と、そこだけは一生わかりあえないと思う！」

そう息巻く伊織ちゃんがちょっとおもしろい。

でも、クセ毛の子にとっては大きな悩みなんだろうな。

「あ、そうそう。美紗がこの間言ってた学ランの話だけど」

急に変わった話題は、あたしが以前お願いしていたあの件。

「えっ？　なにかわかった？」

ドキドキする。

「うん。学ランの学校見つかったよ」

「ほんとに？」

「東山《ひがしやま》中学が、学ランだって」

「東山中……」

その学校名がピンとこず、復唱する。うちの学区にはない学校だ。

「そこ、凜太朗くんの出身中学みたいだよ。絢斗が言ってた」

「ええっ……！」

教室に入る寸前のところで、足がピタッと止まる。

「なにそんなに驚いてるの？」

「あっ……な、なんでもないっ」

久我くんの中学が学ランだったなんて。

もしかして……ハンカチの持ち主が久我くんの可能性もある？

そう思ったら急にドキドキしてきた。

……なんて、久我くん以外にも受験してる男の子がいるだろうし。

そんなわけないよね。もしそうだったら、言ってくれてるはずだもん。

「おっと！」

「きゃっ」

すると、教室から飛び出してきた誰かと鉢合わせしそうになった。

白いシャツが目の前に現れて、ドクンッと心臓が跳ねあがる。

「美紗か。悪い」

驚いて顔を上げると、それは久我くんで。

急いでいたのかそれだけ言うと、廊下をまた走っていった。

わぁ……。びっくりした。急に飛び出してくるんだもん。

ちょうど今、考えてたから。

それにしても、身長高いんだなぁ。

あたしの顔の位置がシャツの胸もとだったことに、あらためて背の高さを痛感する。

あ。くちびる……シャツについてないよね？

色付きリップを塗ってきたところだから、ちょっと心配。

人さし指を唇にのせて不安を抱いていると、伊織ちゃんが意味深な笑いを浮かべた。

「ふふふ」

「な、なにっ？」

「なーんか、いい感じだなぁって」

「えっ？」

いい感じって？

目をぱちぱちとさせるあたし。

「凜太朗くん、美紗のこと名前で呼ぶようになったんだねっ」

「それはっ……」

病院で宣言した通り、久我くんはあれ以来あたしのことを美紗って呼ぶ。

はじめは照れくさかったけど、やっと慣れてきたところだ。

それを伊織ちゃんに突っこまれたものだから、恥ずかしくてたまらない。

「あたしのことはいまだに〝田中〟なのに。凜太朗くんが女子のこと名前呼びするとか、すっごいレアだよ」

「そ、そう？　きっと、呼びやすいんだよ……」

相変わらずクラスの女の子とあまり会話しない久我くんは、名前呼びどころか、名字を呼ぶこともあまりないけど。

きっと、あたしとはよくしゃべるからだろうし。

「美紗はもっとうぬぼれてもいいのになぁ」

なのに伊織ちゃんは、またおかしなことを言う。

うぬぼれるって。言ってる意味が全然わからないよ。

「男の子が名前で女の子を呼ぶのは、チャラいか、特別って思ってるかどっちかだよ。凜太朗くんは後者だと思うなあ。あ、ちなみに絢斗は前者ね」

伊織ちゃんは得意げに言いながら、またふふふと笑った。

「え……えと……」

「凜太朗くん、いいと思うんだけどなぁ」

蒼くんに失恋したことは言っているから、最近は堂々と久我くんを推してくる。

「絶対に美紗のこと気になってるはずだし」

「ないない、ないよっ」

そんなの、伊織ちゃんの妄想にすぎないよ。

たしかに、不思議と波長は合うし、一緒にいて楽しいとも思う。

だけど。

久我くんはあたしのこと、そんなふうに思ってるはずないよ……。


その後、しばらくして久我くんが教室に戻ってきた。

「さっきは悪かったな」

「ううんっ、あたしもぼんやりしちゃってたし」

さりげなくシャツを確認するけど、リップの色はついてない。よかった。

「あんなに急いでどうしたの？」

「一組のヤツに英語の教科書借りてたんだよ。で、五時間目英語だからそれまでに返せって言われてたの思い出して」

「そうだったんだ」

「つうか、教室あちい」

湿気でじめじめした教室は、たしかにむうっとして暑い。

走った久我くんは余計に暑いのかも。

第二ボタンまで開襟したシャツの胸もとを引っぱって、パタパタと風を送り始める。

久我くんはなにも考えもせずにやっているんだろうけど、チラチラ見える素肌にドキッとする。

夏服になったから、半袖のシャツから伸びる腕のたくましさも目に眩しい。

腕の筋に色気を感じて、なんだかそわそわする。

あたしはとっさに下敷きを手に取り、久我くんへ向けてあおいだ。

湿気の影響《えいきょう》はないのか、あおぐたびサラサラの髪がふわっと踊る。

「あー、涼しい。美紗サンキュー」

さわやかな笑顔を向けられて心臓がバクッと反応した。

〝男の子が女子を名前呼びするのは、特別って思ってるから〟

伊織ちゃんの言葉を思い出して、体中が熱くなってくる。

もしも……もしも、ハンカチの男の子が久我くんだったら……。

あのときに記憶を巻きもどすけど、どうがんばっても顔までは思い出せない。

涙のせいで、視界はかなりぼやけていた。

逆に、ハンカチの男の子はあたしのことを覚えているのかな。

それが、久我くんならなおさら。

でもなにも言ってこないってことは、ちがうのかな。

聞いてみたいけど……。

やっぱり怖くて、聞くことはできなかった。


それから数日後のお昼休み。今日も相変わらず梅雨らしい空。

じめじめした教室の中で伊織ちゃんとおしゃべりしていると、工藤くんがスキップしながらやってきた。

「今日部活中止だってさ〜」

「なんでだよ」

「八木ちゃんの都合だって」

「はー？　ありえねえし」

喜んでいる工藤くんとは反対に、久我くんは不満そう。

それもそうか。バスケ大好きだもんね。今も机の上にバスケ雑誌を広げている。

「ってことで、みんなでカラオケ行かねえ？」

すると、工藤くんがそんな提案をした。

「カラオケ？　そういえばしばらく行ってないよね」

伊織ちゃんはウキウキしながら言う。

その言い方から、ふたりはよく行ってたのかな？なんて思う。

「だろ？　こんなことでもないとみんなで行けねえし。凛太朗も行くよな？」

「俺は自主練するから行かねえ」

「はあっ!?　ツレないこと言うなよ～」

「お前ひとりで行ってこいよ」

久我くんは行かないつもりみたい。

興味なさそうに、バスケ雑誌に目を落としている。

「美紗は？」

「えっ」

「美紗は行くでしょ？」

誘われてないと思ったからびっくりした。

「あたしも、いいの……？」

「当たり前だよっ。みんなでって言ってるんだから。ねえ？」

伊織ちゃんが問いかけた先の工藤くんも、ニコニコしながらうなずいている。

嘘っ、うれしい……。

「じゃあ……行きたいな」

中学の卒業式のあと、クラスのみんなは打ち上げでカラオケに行ったみたい。

でも、あたしは行かなかった。

『卒業式のあと、クラスのみんなでカラオケ行くんだけど、永井さんは来ないよね？』
それは、誘われたのではなくて、行かない確認をされただけだった。
仮に、誘ってもらっても断っていたと思う。
でも、その言い方はやっぱり傷ついたんだ。
だから、クラスの人たちとカラオケに行くなんて、あたしにとっては憧れで。
胸がわくわくする。
「よっし、決まり！　ツレない凜太朗は放っておいて、俺ら三人で行こうぜ！」
勢いよく工藤くんが言ったとき。
「……俺も行くわ」
ポツリとそんな声が聞こえた。
目を向けた先の久我くんは、まだ雑誌に目を落としたまま。
どういう心境の変化？
「んだよっ、行くならはじめから言えって」
工藤くんはあきれたように言うけど。
久我くんも行くんだ……。
そう思ったら、わくわくがドキドキに変わった。

その日の放課後、急に保健委員に召集《しょうしゅう》がかかった。

内容はたいしたことなかったけど、それでも三十分くらい拘束《こうそく》されてしまった。

「こんな日に召集とか、ツイてないね」

委員会を終え、教室までの道のりを久我くんとふたりで歩く。

教室で伊織ちゃんと工藤くんが待っていてくれてるから、急がなきゃ。

「俺にとってはツイてたけどな。部活なくてよかった」

あ……。久我くんにとってはそうか。

「ふふっ。ほんと部活好きだよね」

そういうところ、すごく好感が持てる。

なによりも部活が好きとか、青春って感じがしていいなぁ。

「よかったの？ 自主練しなくて」

「ん、まあ……」

「でも、どうして行く気になったの？」

はじめは行かないって言ったのに。

ちょっと気になったことを聞くと、久我くんはポツリと口にした。

「美紗が行くっていうから」

「えっ」

あ、あたしっ？　なんでっ⁉

思ってもみない言葉が返ってきて、ドキドキする。

すると急に久我くんが足をピタッと止めたものだから、あたしも自然と立ち止まる。

ん？　どうしたの？

「俺さ……」

少しためらいながら、久我くんが言葉を落とす。

なに？　なにを言おうとしているの……？

——ドキドキドキドキ……。

あたしの心拍数《しんぱくすう》が最高潮になったとき、スマホがポケットの中で震えたのか、久我くんがそれを取り出した。

「チッ」

軽く舌打ちしたあと、画面を見てさらにダルそうな顔をする。

「もしもし」

『おー、凜太朗？』

スマホの向こうから、元気のいい声が聞こえてきた。

工藤くんかな？

耳につくのか、しかめっ面で少しスマホを耳から遠ざけながら何度か相づちを打つと、電話を終えた。

「絢斗たち先に行った。雨でカラオケ混むかもしれないから受付しとくって」

まだドキドキしているあたしに電話の内容を告げる。

「あ、うん……」

電話が、直前までの会話をなかったことにしてしまったのか。

久我くんは何事もなかったかのように歩き出すから、あたしもそれについていく。

『美紗が行くっていうから』

それって、どういう意味で言ったの？

久我くんは、なにを言いかけたの……？

それを聞けないまま、教室に戻りカバンを取ったらすぐに昇降口へ向かった。

「結構降ってるな」

「うん、当分やまなそうだね」

靴を履き替え、傘を広げて昇降口を出ると、二年生の先輩集団が前を歩いていた。

広がってゆっくり歩いているから、なかなか前へ進めない。

追いぬかすタイミングを見計らいながら、後ろをのろのろついていると。

「相合傘なんて、見せつけてくれてんじゃねーの？」

「傘持ってねーんだよ」

中にはカップルなのか、相合傘をしている先輩がいて、同級生に冷やかされていた。

――ドクン。

その後ろ姿を見て、足が止まる。

蒼くん……?

後ろ姿でも、あたしにわからないわけがない。

……あれは蒼くんにまちがいない……。

広げた赤い傘を手に持った蒼くんの隣には、頭一つ分くらい背の低い女の子が寄りそっていた。

――ズキンッ。

タイミング悪すぎるよ。こんな場面に出くわしちゃうなんて。

蒼くんをあきらめると決めても、実際こういう光景を見るのはつらい。

できれば追いぬかしたくないな……。

校門を出るまで、このまま後ろを歩いていよう。

幸いにも、隣を歩く久我くんの歩幅も狭《せま》い。

雨の音に交じって、先輩たちのはしゃぐ声が聞こえてくる。

そのとき。

蒼くんと並んでいる女の先輩が、横を向いて蒼くんを見上げた。

「……えっ」
瞬間、雨音が消えた気がした。
蒼くんの隣にいるのが……陽菜ちゃんだったから。
嘘。なんで。
足が棒のように動かなくなった。
どうして……陽菜ちゃんが？
まだ冷やかしを続ける同級生に、陽菜ちゃんは照れたような笑みを浮かべる。
そして、同じように照れたような蒼くんと目を合わせて、笑いあう。
なに……どういうこと……？
どうして蒼くんの隣に陽菜ちゃんがいるのかが理解できない。
陽菜ちゃんが蒼くんの彼女なんてこと、あるわけないのに……。
「美紗……いったん戻る？」
蒼くんが彼女といることでショックを受けていると思ったのか、久我くんが横から
そう声をかけてくるのが耳に届いた瞬間。あたしはするりと傘を手放した。
コロンと地面にひっくり返る傘。そして、あたしの足はゆっくり前へ歩み出ていた。
蒼くんのもとへと……。
傘もささずに歩くあたしは異様だったんだろう。

先に視線が動いたのは同級生たちで、それを追うように、蒼くんと陽菜ちゃんの視線がこっちに動いた。

矢のように落ちてくる雨を隔《へだ》てて、あたしと蒼くんの目が合う。

目を見開く蒼くん。

あたしの疑問が蒼くんにも伝わったのか、近づくあたしを、ただまっすぐ見ていた。

その距離が、あと二メートルくらいのところであたしは足を止めた。

「どう……して……」

見つめて問いかけたのは……陽菜ちゃん。

「どうして……？」

同じ問いかけに、陽菜ちゃんは口を開かず顔をゆがめるだけ。

「ねえ……」

雨粒《あまつぶ》が目に入り、あたしは何度もまばたきを繰りかえす。

なんで、陽菜ちゃんが……。

「ねえ……」

今度は蒼くんへ。

ひとつの傘に入るふたりの顔は、同じような表情をしていた。

とても困ったような顔。

まるで、見られちゃいけないところを見られてしまったかのように。

それはそうだよね。ふたりが付き合ってることは、きっと、一番あたしに知られたくなかったんだろうから。

だってあたしは、お兄ちゃんの——妹。

やっぱり、なにも聞きたくない。

あたしはなにも言わないふたりの前から、校門に向かって駆け出した。

「美紗っ！」

「美紗ちゃん！」

そのとき、初めてふたりの声が聞こえたけれど、あたしは振り返らなかった。

校門を出て、いつもの通学路じゃない知らない道をただただ走った。

なんでっ……。蒼くんの彼女は陽菜ちゃんだったの？　どうしてっ？

陽菜ちゃんは、お兄ちゃんのことが好きじゃなかったの？

蒼くんだって……お兄ちゃんが陽菜ちゃんを好きなこと、知ってたよね？

なんで、なんでっ……。

なにに向かっているかもわからず、ただまっすぐに走り続けた。

今見た光景が夢であってほしいと願いながら。

「……っ……うっ……はぁっ……」

空から落ちてくる雨粒。濡れる頬は、雨か涙か。

水しぶきを上げて蹴りあげる地面。

全身が冷たい雨に打たれるのも構わず、あたしは走った。

ここはどこなんだろう。どのくらい走ったんだろう。

それさえもわからなくなっていたとき。

「美紗っ」

雨の音に交じってかすかに聞こえた声。

「美紗っ！」

それがクリアになったと同時、急に体にブレーキがかかる。

誰かに腕をひっぱられ、体が反転した。

「美紗っ、どうしたんだよっ！」

目の前には、黒い傘を片手に息を切らした久我くんがいた。

傘を持っていない方の手で、あたしの肩をしっかりつかんで顔をのぞきこんでくる。

「ん？　どうした？」

ひどく困惑した目。心配そうな表情。

久我くん……。

「うっ……ううっ……」

こらえられなくてそのまま泣きだしたあたしを、久我くんは自分の胸に引きよせた。

頭をしっかり抱え、あたしの体を傘で守りながら。

「なんでっ……」

「なにがあったんだよ」

「陽菜ちゃんっ……お兄ちゃんのことが好きじゃなかったの？」

今まで頭の中で繰り返していた疑問が、口からこぼれる。

「……え？」

「どうしてっ……蒼くんと陽菜ちゃんが付き合ってるのっ……」

「どういうこと？」

「蒼くんだって、お兄ちゃんが陽菜ちゃんを好きなことっ……知ってたのにっ」

「………」

「なんでふたりがっ……」

「………」

「お兄ちゃんが……かわいそうだよっ……ううっ……うわあああっ……」

寒さなのか、悲しみなのか、怒りなのか。震える体。

久我くんは、そんなあたしの体をきつく抱きしめる。

「ううっ……」

仲よく傘をさして笑顔で会話するふたりの姿が、頭から離れない。

「ひっ……ううっ……」

激しく号泣したあたしは、次第に勢いをなくし久我くんの胸に頭をつけながら短く呼吸を繰り返す。

それをなだめるように、背中をゆっくり叩いてくれた久我くん。

「これ、かけて」

スポーツバッグから取り出した大きなタオルを、あたしにかけてくれた。

冷えきった背中の雨風が遮断《しゃだん》される。

「つまり、蒼先輩の彼女が、美紗のお兄さんの……好きだった人なのか？」

あたしは、久我くんに伝わるようにうなずいた。

「彼女の方も……その……」

言いにくそうに、言いよどんだ後。

「お兄さんを好きだったのか？」

「……うん」

お兄ちゃんを看取ったあの病室。

あのとき、たしかにお兄ちゃんと陽菜ちゃんは、お互いを想っていたはずなのに。

どうして今、蒼くんと付き合っているのか理解できない。

そんなに人の心って簡単に移るもの？

「お兄ちゃんは……もう……いないしっ……それは自由だけど……」

唇をかむ。

「お兄ちゃんが、かわいそうっ……」

まだ涙が零れ落ちる。

『遥輝が近くに感じるんだ』

そんなふうに、蒼くんは言ってくれていたよね？

なのに、お兄ちゃんの初恋の人と付き合うなんて。

どうしてそんなことができるの？

遺されたふたりは、お互いに支えあってお兄ちゃんの死を乗り越えたのかもしれない。だけど、付き合うなんて。あたしは……納得できないよ……。

「うっ……」

再び背中を震わせたあたしを、久我くんがもう一度ぎゅっと抱きしめてくれた。

どのくらい、久我くんの胸に顔をうずめていたんだろう。

なんとか気持ちを落ち着け、体を離す。

「ごめんね……。久我くん濡れちゃった」

あたしに傘を傾けてくれていたせいで、久我くんの背中はびしょ濡れだった。

「気にすんなよ」

サラサラな髪からも、雨がしたたり落ちている。

「とりあえず今日は送るから」

「……大丈夫だよ」

「どこが大丈夫なんだよ。そんな顔して」

「………」

「今の美紗、ひとりで帰せない」

真剣な表情でそう言った久我くんは、傘を持っていないあたしと一緒に電車に乗り、家の前まで送ってくれた。

「すぐに風呂入れよ。風邪《かぜ》ひくから」

「うん、ありがとう。久我くんも風邪ひかないように」

「俺は大丈夫だから」

どこまでもあたしを心配してくれた久我くんの姿を見送って、あたしは家へ入った。

望んだ幸せとは

翌日、翌々日と、あたしは学校を休んだ。

無防備に雨に打たれたせいで熱が出たのだ。

そして、三日目の朝。

昨日の夜には『明日には行けそうね』とお母さんに言われていたけど、なんだか気が重くて『まだ頭が痛い』と今日も休んでしまった。

蒼くんと陽菜ちゃんのことが、ずっと頭から離れない。

休んでいる間、ずっとふたりのことばかり考えていた。

夢でうなされもした。

「はぁ……」

夢だったらどんなによかっただろう。

熱が下がったせいで、まともに頭が働くようになったけど、そのぶんあの出来事がもっとリアルに感じられて苦しい。

あの雨に打たれた夜、伊織ちゃんからはスマホにメッセージが届いていた。

《美紗、具合大丈夫？　無理しないでね》

おそらく久我くんは、あたしがカラオケに行かなかったのは具合が悪くなったからだとでも言っておいてくれたんだろう。

実際、そうなっちゃったんだけど。身から出たさび、かな。

食欲もわかず、朝からずっとベッドの上でゴロゴロしていると、部屋の扉がノックされた。入ってきたのはお姉ちゃんだった。

「具合、どう？」

「あれ？　大学は？」

部屋の時計は、十時半を指している。こんな時間に家にいるのを不思議に思う。

「今日の講義は午後からなの」

「ふうん」

大学って、朝からずっとあるわけじゃないんだ。

毎朝同じ時間に家を出ていくあたしは、お姉ちゃんがどんなタイムスケジュールで学校に行っているかなんて全然知らない。

「熱は下がったってお母さん言ってたけど、まだつらいの？」

「……うん」

布団にくるまったまま答える。

つらいのは……心だけど。

そんなあたしに、お姉ちゃんは衝撃的なことを告げた。

「おとといね、蒼くんが来たの」

「えっ、なんで!?」

反射的に、ガバッとベッドから飛び起きる。

でもその直後、しまったと思った。

蒼くんが来るのはめずらしいことじゃない。

お兄ちゃんにお線香をあげにとか、そんなふうに今までも足を運んでくれていたから。なのに、あたしは必要以上に動揺しちゃって。

……自爆だ。

「蒼くんね……美紗の傘を持ってきてくれたの」

「あたしの……?」

そうだ。あのときあたし、傘を放り投げた。

……それを、蒼くんが拾って持ってきてくれたってこと?

「上がっていくように言ったんだけど、遥輝のところにも行かずに帰っちゃったの」

うちに来てお線香もあげずに帰るなんて、今まで一度もなかった。

お姉ちゃんも、蒼くんがいつもとちがうことに気づいたはず。

「なにかあったの？　蒼くんと」

……蒼くん、お姉ちゃんになにも話さなかったんだ。

下を向いて、唇をかんだ。

蒼くんは、あたしの態度を見てなにを思っただろう。

それでも傘を届けてくれた蒼くんは、やっぱり優しい。

なのに、なんで……。

「蒼くんね……陽菜ちゃんと付き合ってるんだよ」

布団の水玉模様を目に映しながら口にした。

きっと、お姉ちゃんならあたしと想いを共有してくれる。そう信じて。

けれど、しばらく待ってもお姉ちゃんは無反応。

びっくりして言葉も出ない？

そう思って顔を上げると、お姉ちゃんは切なげな目であたしを見ていた。

「え……」

驚かないのを不思議に思った。

きっと、お姉ちゃんが見せると思ったような表情を、きっと今あたしはしている。

「もしかして、知って……たの？」

だって、まるでそんな表情だから。

「うん」

お姉ちゃんは優しく微笑んだ。

「嘘……」

『美紗にはずっと笑顔でいてほしいな』

いつかのお姉ちゃんの言葉を思い出した。

お姉ちゃんは、あたしが蒼くんを好きなのをよく思っていなかった。

それは……蒼くんが陽菜ちゃんと付き合ってるって知ってたから？

事実を知ったら、あたしがショックを受けるのがわかって。

あの言葉は……そういうことだったの？

「いつから……？　いつから付き合ってるの？」

声が震える。

「四月に入ってからよ。蒼くんから報告をもらったから」

……そんな。お姉ちゃんに報告してたなんて。

「お姉ちゃんは、蒼くんと陽菜ちゃんが付き合うこと……イヤじゃないの？」

「美紗は、イヤ？」

逆に問いかけられて、お姉ちゃんはそうじゃないんだと悟る。

想いを共有できると思ったのに、意見は合わなかった。

でも、あたしは正直な気持ちを口にした。

「イヤだよ。だってっ……ふたりはお兄ちゃんを通して知りあったんでしょ？　陽菜ちゃんはお兄ちゃんが好きだったし、お兄ちゃんだって……なのに……」

両手で布団をぎゅっと握った。

お兄ちゃんの気持ちを考えたら、やっぱりやるせない。

グッと唇をかんだあたしに、お姉ちゃんの優しい声。

「それを、遥輝が望んだって言ったら？」

「えっ……」

「遥輝はね、陽菜ちゃんが自分のことを嫌《きら》いになるように、嘘の手紙を書いていたの」

「なにそれ……どういうこと……？」

初めて聞く話だった。

転校した後、陽菜ちゃんとお兄ちゃんがずっと文通を続けていたのをあたしは知っている。あたしが陽菜ちゃんからの手紙を郵便受けから取ってくることもあった。

陽菜ちゃんからの手紙が来なくなったのは、お兄ちゃんが高校生になる年に入ってからだ。

その理由を、お姉ちゃんが教えてくれた。

去年の四月、お兄ちゃんは陽菜ちゃんへ手紙を出したという。

ふたりで約束した高校は受験せず、野球推薦でほかの高校へ進学し、彼女もできたと嘘の内容を記して。病気だとは決して告げず。

そして落ちこんだ陽菜ちゃんを励ましていたのが、蒼くんだった。

お兄ちゃんが、そうお願いしたらしい。

「……そんなっ」

陽菜ちゃんは、お兄ちゃんに振られたと思っていたの？

そんなときに蒼くんに優しくされたら……。

「それでも、遥輝が亡くなる直前、蒼くんは陽菜ちゃんに本当のことを話したの」

だから、最期の最期で陽菜ちゃんが病室に来たんだ。

「そのときは、もう陽菜ちゃんは蒼くんを好きだったと思う。蒼くんも……」

「………」

「でもね。ふたりは決して恋人同士になろうとしなかった」

「どうして……」

お互いに好きだったら、付き合うのが普通じゃないの……？

「それは……今美紗が、どうしてふたりが付き合ってるの？って思っている理由と一致するはずよ」

つまり、お兄ちゃんの想いを知っているふたりが恋人になるのはありえないと思ったように、蒼くんと陽菜ちゃんもそう思った。そういうことだ。

「じゃあ……なんで今……」

「言ったでしょ？　遥輝がそれを望んだから」

お姉ちゃんがふいに渡してきたのは、お兄ちゃんが生前愛用していたスマホだった。

「これ……」

お兄ちゃんが大切にしていたもののひとつとして、今は仏壇《ぶつだん》に置いてある。

そこに貼《は》られた陽菜ちゃんの写真シールは、すこし色褪《あ》せていた。

お兄ちゃんがずっと触れていた証だと思い、見るたびに切なくなる。

「メールの送信画面、見てごらん」

送信画面……？

お姉ちゃんが充電してくれたのか、ボタンを押すと画面が表示された。

お兄ちゃんに許可なく見てもいいのかな……そう感じながら、指を滑らせてメールの送信画面を開くと、一番最後に送ったメッセージが表示された。

送り先は、蒼くん。送信日時は……今年の四月。

「え、これって」

お姉ちゃんを見る。

だって、四月にはもうお兄ちゃんは亡くなっている。

なのに、どうしてそんな時期に、蒼くんにメールが送られているんだろう。

疑問でいっぱいのあたしに、お姉ちゃんは衝撃的なことを言った。

「遥輝から頼まれてたの。春になったら送ってほしいって。文面は遥輝が作って、私は送信しただけよ」

「え……っ」

いったい、なにが書いてあるの？

さっきよりも心臓の鼓動が速くなった。

見るのが怖い。でも、お兄ちゃんがどんな言葉を蒼くんに残したのか見てみたい気持ちもある。

大きく深呼吸をしながら中を開くと、画面いっぱいに文字が出てきた。

お兄ちゃんは、もう腕の自由がほとんどきかなかった。

そんな中、これだけの文章を打つのにどれだけ時間がかかったんだろう。

それを想像しただけでも、もう瞳が涙でにじんでくる。

〝蒼へ〟

そう始まった文面には、蒼くんへの感謝の言葉がたくさんつづられていた。

自分のために蒼くんがしてくれたことへ。

陽菜ちゃんのために、蒼くんがしてくれたことへ。

そして。

《蒼が陽菜を好きになったら遠慮するな》

《陽菜のことが好きなら、ちゃんと想いを伝えるんだぞ》

陽菜ちゃんを好きになったであろう、蒼くんの背中を押す言葉まで。

「お兄ちゃんっ……」

お兄ちゃんの優しさがいっぱい詰まったメッセージに、涙がボロボロこぼれてくる。

自分はもうすぐ亡くなるとわかっているのに、こんな言葉を残して。

「うっ、あっ……」

涙が止まらない。

お姉ちゃんはベッドに腰かけると、今度こそ気持ちを共有するように優しくあたしの背中に手を添えてくれた。

「もうひとつ前のメッセージも見てごらん？」

「もう……ひとつ前？」

スマホを持つ手を慌てて動かすと、そこにもまったく同じ日時に送られたメッセージがあった。あて先は……陽菜ちゃん。

お兄ちゃん、陽菜ちゃんへもメッセージを？

今度はためらうことなく、中を開く。
そこには、陽菜ちゃんへのあふれる想いがつづられていた。
陽菜ちゃんが大好きだったという、お兄ちゃんの熱い想いが。
《陽菜のことが大好きでした》
「うう っ……」
悲しいよ。想いを告げるのが、亡《な》くなった後だなんて。
《今こうやって伝えられたから悔《く》いはない》
そうもつづられていて、余計に涙を誘う。
そのままゆっくり下にスクロールしていくと、ある一文に胸がドクンッと鳴った。
《陽菜には今、すごく大切な人がいるはず》
《陽菜の想いを届けて》
きっと、ここで指す〝大切な人〟とは蒼くんだ。
お兄ちゃんは、陽菜ちゃんも蒼くんを好きだとわかっていたんだ。
ほんとは、つらかったよね……?
「ううっ、うあああっ……」
どんな気持ちでこの言葉を打ったのかと思うと、胸が張《は》り裂《さ》けそうになる。
「遥輝らしいメッセージだと思わない?」

泣きじゃくるあたしの背中をずっとさすってくれていたお姉ちゃんは、あたしと同じように頬を濡らしていた。

「うんっ……」

そうだ。お兄ちゃんはこんな人だった。

自分よりいつも周りのことを気にかけて。思いやりの気持ちは人一倍強くて。

そんなお兄ちゃんがふたりに残したメッセージは、お兄ちゃんらしさであふれていた。

「お兄ちゃんっ……」

もう姿は見えないけれど、久しぶりにお兄ちゃんに触れたような気がして、あたしとお姉ちゃんは、お兄ちゃんを想って涙を流した。


それからしばらくして、お姉ちゃんは大学へ行く時間だからと出ていった。

ご飯を食べるようにお母さんに言われ、昼食を取ってから再び部屋に戻る。

しばらくベッドの上でぼーっとしていた。

考えたいことはたくさんあるのに、混乱してうまく頭が働かないんだ。

どのくらいこうしていたんだろう。

「あ……」

ベッドの上には、まだお兄ちゃんのスマホが残されたままだった。

ふいに手に取ると、さっき見ていた陽菜ちゃんへのメールが浮かびあがった。

……お兄ちゃんは、どんな気持ちで打ったんだろう。

そう考えながら蒼くんへ送った画面に戻り、陽菜ちゃんへの画面をまた開き……。

そんなことを繰り返していると、ひとつの答えにたどりついた。

それは、ふたりの幸せ。

この文面から読みとれることは、お兄ちゃんは共通して、蒼くんと陽菜ちゃんの幸せを心から願っていた。

そういえば、看護師の五十嵐さんも言っていた。

『亡くなった彼は、最後まで私の幸せを望んでいてくれた』

ぼんやりと受けとっていたその言葉が、今になって輪郭《りんかく》を浮きあがらせた。

五十嵐さんの亡くなった彼が、五十嵐さんの幸せを願ったように。

お兄ちゃんも、大好きなふたりの幸せを心から願ったんだ。

どうすれば幸せになれるかもわかっていて。

ふたりが結ばれない未来を選ぶことまで予想して。

このメッセージを残した。

つらい体を押して、命がけの、願いだったんだ。

四月から付き合い始めたということは、このメッセージを見てからふたりは想いを伝えあったはず。

なのにあたしは。

お兄ちゃんの意思を無駄にせず、勇気を出した蒼くんと陽菜ちゃんに、なんていう態度を取ってしまったんだろう。

「うっ……」

自分が浅はかで、ふがいない。後悔が胸の中を渦巻いて、どうしようもない。

今、蒼くんと陽菜ちゃんはどんな気持ちでいる？

お兄ちゃんでつながったふたりが、その妹であるあたしにあんな態度を取られて、心を痛めているにちがいない。

まさか、別れるなんてことを考えていたら……。

そんなの、絶対にダメだよっ……！

時計を見ると、もう五時半。だけど、いてもたってもいられなかった。

クローゼットから制服を取り出して、袖を通す。

「美紗？　どこ行くの？」

「学校行ってくる！」

「今から⁉　なにしに？」

「すぐ戻ってくるから！」

お母さんに返事する間も惜しいくらいだった。

家を飛び出し駅まで走り、ちょうどホームに入ってきた電車に飛びのる。

雨が上がり、青々とした葉からしずくがしたたる桜並木を走った。

「はあっ……はあっ……」

乱れた呼吸で見上げた校舎は、もう茜《あかね》色に染まっていた。

グラウンドで活動する生徒はもう誰もおらず、体育館も静まりかえっている。

昇降口に入ると、帰り支度を終えた野球部員たちが流れてきた。

あっという間ににぎやかになるけどそれも一瞬で、去った後はまた静まりかえる。

誰もいない薄暗い昇降口はなんだか不気味だった。

でも、このあときっとバスケ部員も来るはず。

そう思って上履きに履きかえて蒼くんが来るのを待っていると、思った通りバスケ部の集団がやってきた。その中には蒼くんの姿も。

「蒼くんっ！」

迷わずその背中に呼びかけた。

くるりと振り返った彼は、あたしに気づきしばらく驚いていたけど、仲間に先に帰るよう言ったのかほかの部員はその場を去り、あたしと蒼くんだけになった。
また、この場が一気に静まりかえる。
昇降口独特のひんやりした空気が、あたしたちの間を通りぬける。
「蒼くんっ、話があるのっ」
気持ちがあふれてしまいそうになる。
泣きそうになるのを、歯をグッと噛みしめてこらえた。
「うん、俺もある。ここじゃ暗いから」
蒼くんはそう言うと、近くの教室にあたしを促した。
パチッと電気がつけられ、蒼くんの顔が鮮明に映る。
どことなく元気がなさそうに見えるのは、気のせいじゃないかもしれない。
それも、きっとこの間のあたしの態度が原因なんだ。
口火を切ったのは、蒼くんだった。
「……美紗。俺、陽菜と付き合ってる」
重々しい声に神妙《しんみょう》な顔。
幸せな報告を、こんなふうにしなきゃいけない蒼くんの気持ち。
それを考えたら、受けとるあたしも心が痛くなる。
「美紗がそれを知ってどう思うか……。どう話すか……ずっと迷ってた。だけど、ちゃんと言わないといけないと、ずっと思ってた」

苦しそうに、言葉を選びながら。

「だけど、あんなふうに美紗が知る形になって、本当に……ごめん」

歯を食いしばりながら顔をゆがめる蒼くんは、きっとこの三日間ずっと悩んでいたんだろう。その苦悩が、手に取るようにわかる。

……蒼くん、ごめんね。

「たしかに……蒼くんと陽菜ちゃんが一緒にいるのを見て、頭が真っ白になって。変な態度取っちゃって、あたしの方こそごめんなさいっ」

「……え？」

責められると思っていたのか、謝ったあたしを見て蒼くんは困惑しているようだった。

「あたしね……見たの」

「見たって、なにを？」

「お兄ちゃんが、蒼くんと陽菜ちゃんに送ったメール」

蒼くんの目が大きく開かれる。

「お兄ちゃんの想い……全部知ったよ」

ふいに涙が出てきて、指でそれを払った。

「あたし、なにも知らなくて……」

お兄ちゃん、陽菜ちゃん、蒼くん。

三人には、三人にしかわからない想いがあるんだよね。

きっと、もっとあたしの知らないことがたくさん。

「お兄ちゃんが命がけで紡《つむ》いだ言葉……無駄にしないでくれて、ありがとう」

「……………」

「いっぱいいっぱい、ありがとうっ……」

今回、初めて知ったことがたくさんある。そのすべてに、感謝をこめて伝えた。

「美紗……っ、ありがとう……」

蒼くんの声は優しく、そして、涙で揺れていた。

だから、あたしも蒼くんへ初めてを伝えよう。

「あたしね、蒼くんのことが好きでした」

不思議と落ち着いていた。告白って、もっとドキドキするものだと思っていたのに。

「初めて会った日から、ずっと」

もう叶わない想いだけど、伝えれば、初恋にさよならできると思ったんだ。

こんなに落ち着いているのはきっと、芽生え始めた〝ある気持ち〟のせい。

「ありがとう……」

心が癒されていくような蒼くんの声。その言葉だけで、もうじゅうぶん。

「あたしも陽菜ちゃん大好きだから……陽菜ちゃんなら仕方ないなって思う。だって、お兄ちゃんも好きになった人だもん」

「美紗……」

「だから、陽菜ちゃんとずっと仲よくね。陽菜ちゃん泣かせちゃダメだからねっ」

どこかで強がりもあったかもしれない。

でも、今も空のどこかで見守っているお兄ちゃんの願いでもあるはず。

蒼くんと陽菜ちゃんが、ずっと幸せでいること。

それがお兄ちゃんの幸せでもあるんだろうから。

「ああ。わかってる」

力強くうなずいた蒼くんの目にも、涙がたまっていた。

「ふふっ」

「ははっ。なんか……照れるな」

「ほんと。蒼くん顔真っ赤」

「……美紗だって」

ふっと力が抜けて、笑いあう。

そう。そうだ。蒼くんとは、ずっと友達でいたいんだ。

お兄ちゃんがつないでくれた、縁を大切にして。

「じゃあ、帰るか」

笑い終えたところで、蒼くんがなんでもないように言う。

それって、一緒にってことかな……。

帰る方面も一緒だし、必然的にそうなるかもしれないけど、なんとなく気まずい。

自分の初恋にきっぱりけじめをつけられたっていうのに、一緒に帰るのって、なんていうか。今は、感傷に浸《ひた》りたい気持ちもある。

だから、今日はひとりで帰る。そう言おうとしたとき。

「美紗は俺が送っていきます」

声がして、すっと隣に現れたのは、久我くんだった。

「久我くん⁉」

「凜太朗⁉」

あたしと蒼くんの声が重なる。

いったい、いつからいたの……？

驚いているあたしの隣に並んだ久我くんは、蒼くんをまっすぐ見すえて言った。

「蒼先輩、いいかげん遠慮してくださいよ」

蒼くんは数秒間あっけにとられたように固まったあと、頭に手を当てながらつぶやく。

「ああ……そっか」

遠慮……？　そっか……って？

突然の登場に混乱する中、わけのわからないやり取りをされてまだ頭がハテナ状態。

「じゃあ、気をつけて帰れよ」

そんなあたしに蒼くんは軽く微笑んで、教室を出ていった。

Chapter four

ハンカチの行方

「どうして久我くんがここに？」

教室にふたり残されて、まだこの状況がよく理解できてないあたし。

「靴があったからいるんだろうと思って捜したんだ」

「そ、そうなんだ」

捜してくれたなんて、キュンとする。

久我くんの、しなそうでさせるキュン攻撃に、何度胸をドキドキさせられているだろう。

不意打ちすぎて、心臓持たないよ。

「話、聞いてた……？」

でも肝心《かんじん》なところが知りたい。恐る恐るそんな彼を見上げた。

「ごめん、だいたいは」

「だよね……」

控えめに言うけど、きっと全部聞かれていたんだろう。告白したのも。

……ああ、すごく恥ずかしい。

「蒼先輩もあれだよな。ちょっとは空気読めってのな」

「へっ?」

ポカンとしていると、はにかむ久我くんの表情で蒼くんへ向けたさっきの言葉の意図がだんだん見えてきた。

……そっか。

蒼くんと帰るのが気まずいと思っていたあたしに、助け船を出してくれたんだ。

だから『遠慮して』なんて。

久我くんって、意外と女心がわかるのかな。

「ありがとうっ……。すごく、助かりました」

素直な気持ちを口にのせると、久我くんは照れたように笑った。

外に出ると、もう日はとっぷり暮れていた。

駅までの道のりを、ふたり並んで歩く。

あの場をしのいでくれただけでありがたかったし、ひとりで帰るつもりだったのに送ると言ってくれたから。

「雨の日は……ありがとう」

久我くんとはあの日以来だし、とくにメッセージでのやり取りもしていない。

学校で会ったら直接お礼を言おうと思っていたから。

「……べつに」

「久我くんがいてくれてよかった」

「………」

静かになった隣を見ると、照れているのかうつむいていた。

こんなストレートな表現。

自分でも恥ずかしいことを言っている自覚はあるけど、伝えたかった。

あのときひとりだったら、ボロボロになっていたかもしれない。

そばにいてくれることが、どれだけ心強かったか。

「久我くんは風邪ひかなかった？」

あたしが泣いている間、ずっとあたしに傘を傾けてくれていた。

久我くんだって相当雨に打たれたはずだから心配だ。

「バスケ部なめんなよ？　雨ん中でもダテに走ってねえし」

「そ、そっか。ならよかった」

男の子はたくましいな。

それから、あの雨の日と同じように一緒に電車に乗った。

ちょうど帰宅ラッシュと重なったため、車内はとても混んでいた。

自分のスペースを確保するのも困難な車内で、久我くんはあたしをドア側にしてほかの人から守るように立ってくれた。

ぎゅうぎゅうに押しつぶされることもなかったのは、そんな彼のおかげ。

距離が近くてドキドキして……触れた体からそれが伝わらないかって、またドキドキした。

電車を降りて、今度は家に向かって並んで歩く。

すっかり雨の上がった夜空には、星もまたたき始めている。

「おばあさん、その後具合どう？」

聞くか迷ったけど、とても心配だったから。

「今は状態も落ち着いているし、この間行ったときも喜んでくれたよ」

「よかった。久我くんはきっと自慢の孫だろうね」

「どうかな」

久我くんはそうでもないように言うけど、こんなに優しくて素敵な男の子だもん。

……そうだよね。

あたしはこんな人に友達だと思ってもらえてて……なんて贅沢なんだろう。

「ご両親……忙しいんだよね？　普段ご飯とかどうしてるの？」

おばあさんは入院中だし、余計なお世話だと思ったけど気になった。

「親が作り置きして冷凍《れいとう》したものとか、適当にコンビニで買ったりしてる」

「そうなんだ……」

ひとりでの夕飯、寂しくないのかな。……寂しくないわけないよね。

「しばらくはふたりとも出張で帰ってこないし、今日はなんか外で食ってくつもり」

「えっ！」

意外な返答に、すっとんきょうな声が出た。

だって、忙しいのレベルが想像と全然ちがったから。

朝が早い、帰りが遅いとかじゃなくて、〝帰ってこない〟。しかも、日常的みたいな言い方。家に誰もいないなんて、あたしは経験したことないよ。

「……ねえ、だったら今日ご飯うちで食べていかない？」

思わず、そう声をかけていた。

「えっ？」

「ね！」

あたしは返事も聞かず、その場でお母さんに電話をかけた。

友達を連れていくと伝えると、お母さんは快くＯＫしてくれた。

「てことで、決まりね！」

自分でもびっくりするぐらい、強引にことを押し進めてしまった気がする。

男の子を家に呼ぶなんて、考えられないけど。

このときはどうしてもそうしたいって思ったんだ。

「マジかよ……」

久我くんは苦笑いしていたけど、そんなにイヤでもなさそうで安心した。


この角を曲がれば、もうすぐ家につく。

いつもはひとりで帰っている道も、今日はあっという間だった。

隣に誰かいるって、いいな。

そのとき、あたしたちの横を、学ラン姿の男の子が通りすぎた。

「あれ、俺の行ってた中学の制服だ」

久我くんが振り返って言った言葉に、ドクンッと胸が跳ねた。

そうだ。久我くんは学ランの中学校出身。

「あ、あのさ。久我くん……東山中出身なんだよね？」

あたしはずっと聞きたかったことを思いきって切り出した。

「そうだけど？」

「さ、桜園には、久我くん以外に東山中から入った人いるの？」

「いるよ。全部で七人くらいかな」

「そ、そうなんだ」

その中にあたしにハンカチを貸してくれた男の子がいるかもしれないと思うと、緊張が高まる。おかげで、さっきから噛みまくりだ。

「それがどうかした？」

――ドキッ。

そう聞かれるのは当たり前だけど、聞いてくれたからこそ手がかりにもっと近づける気がした。

「実は……受験の日にね、学ランの男の子にハンカチを借りたの。顔とか名前とか全然わからなくて、手がかりは学ランってことだけで。東山中が学ランって最近わかって……」

「ふーん」

鼻から抜けるような声に、大して興味もなさそうだと感じる。

少し気持ちが萎《な》えかけたけど、せっかくなんだから聞かなきゃと自分を奮い立たせた。

「あの、久我くんのお友達に、そんなエピソード持ってる人……いたりしないかなあ？」

おどおどしながら口にすると。

「知ってるよ、俺」

――ドクンッ。

知ってる？　久我くん、知ってるの？

びっくりして、足が止まった。

すると久我くんも足を止めて、衝撃な言葉を放った。

「だってそれ、俺だから」

「え……」

「美紗にハンカチ渡したの、俺」

「……っ」

息をのむ。

ハンカチを貸してくれたのが、久我くん……？

え、嘘でしょ……？

そんなにもあっさり告げられて、頭の中が真っ白になっていく。

「言わなくてごめん」

嘘じゃないみたい。

ごめんとつぶやく久我くんは、バツの悪そうな顔をした。

「う、ううんっ……」

対処の仕方がわからないくらい、心臓が早鐘《はやがね》を打っている。

そうだったらいいなぁなんて希望はあくまで希望で、ほんとにそうだとは夢にも思っていなかったから。

ずっと捜してた人が、こんなに近くにいたなんて。

ああどうしよう。どうしたらいいんだろう。

「えと……その……久我くんは……あたしって……気づいてたの……？」

「ああ」

ああって。またしてもずいぶんあっさり言われてどうしようかと思う。

だって、今までそんな話題かすりもしなかったのに。

「やっぱり美紗は気づいてなかったんだ」

「ごめん……。あのときあたし、涙でよく見えてなくて……」

ああ……ほんとに……どうしたらいいんだろう。

「だよな。俺は同じクラスになってすぐわかったけど、美紗はまったく覚えてなさそうだったから、なんとなく言いにくくて」

「ごめんね、あたし……今までなにも知らずに過ごしてきて、やだ、どうしよう」

「べつに、どうもしなくて大丈夫だから」

どうしようを連呼するあたしを、久我くんが笑う。

「あんときは、よっぽど試験の出来が悪くて泣いてんのかと思ったけど……。今ならわかる。美紗……お兄さんのこと、考えてたんだろ？」

「でも……」

そう言って、優しくあたしの髪に触れた。

まるで、小さい子をあやすように。

その仕草に癒され、導かれるようにあたしはうなずいた。

「……ほんとは受験どころじゃなかったけど、お兄ちゃんの行きたかった高校だからって。それで、終わって気がゆるんだら、お兄ちゃんのこといろいろ考えちゃって」

「大変なときに受験だったんだもんな。よくがんばったよ」

「……久我くんて、ほんとに優しいね」

心からそう思った。

「普通できないよ。あの場面でハンカチを差し出してくれるなんて」

あたしならきっとできない。誰かもわからない人に。

そのときだけじゃない。

入学してから、久我くんにはたくさん助けてもらった。優しさをもらった。

今は当たり前のようにそばにある優しさにあらためて感謝していると、まじめな声が聞こえてきた。

「美紗だからだよ」

「……っ」

やわらかく放った彼のその言葉は、あたしの体中を駆けめぐり刺激《しげき》した。

久我くんがどういうつもりで言ったのかわからないけど、あたしの体に電流が走るほどの刺激をもたらしたんだ。

久我くんが、あたしをじっと見つめる。

──トクン……トクン……。

あのときと一緒だ。

カラオケにどうして行く気になったか聞いたら、あたしをじっと見つめて……。

そのとき、正面からやってきた車のヘッドライトが、あたしたちを明るく照らした。

まぶしくて、思わず目を細める。

「行こうか」

ハッと我に返ったように久我くんが言い、歩き出す。

「あ、ありがとう」

一歩遅《おく》れをとって後を追いかけたあたしは、そう返事をした。

普通なら冗談で返すところかもしれないけど、冗談にしたくないと本能で思ってしまったんだ。

久我くんと一緒にいると、ドキドキする。

それはきっと、あたしの中に〝ある気持ち〟が芽生えたせいだ。

あたし、久我くんのことが……。

『美紗だからだよ』

ねえ、久我くん。今のは、どういう意味で言ったの？


久我くんとお母さんは、とても話が弾んでいた。

学校での久我くんを見る限り、あまり人と話すのが好きじゃなさそうだし、誘ってしまって悪かったかなと心配したけど、よかった。

ごはんも遠慮しないでたくさん食べてくれて、終始ニコニコしていたお母さんを見ていて、あたしもうれしかった。

お姉ちゃんは家庭教師のバイトをしているし、お父さんも残業でいつも遅い。

ほぼふたりきりが多い夕食だから、人数が増えるととても楽しい。

いつもひとりで夕飯を食べている久我くんにも、少しは楽しんでもらえていたらいいけど……。

食後には、コーヒーや紅茶を飲みながらチョコレートをつまんだ。

「こんなことならケーキでも用意してたのに」と言うお母さんの言葉に、久我くんは「まだ食べるんですか⁉」って苦笑いしてた。

女子の別腹は、ちょっと理解できないみたい。

「あ、もうこんな時間……。そろそろ失礼します」

久我くんが時計を見て腰を上げた。

「わっ、もう九時過ぎてたんだ」

あたしも時計を見て驚く。

蒼くんが来たときもあれこれ出して長い時間引きとめちゃうお母さんは、相手が久我くんでもそれは変わらず。

初めて来たのにこんな時間まで長居させちゃって、気疲れしてないかな……。

「ごちそうさまでした」

「またぜひ来てちょうだいね」

玄関《げんかん》まで出てきそうになったお母さんをリビングで制して、ふたりで玄関に向かった。

「こんな時間までごめんね」

「全然。美紗のお母さんすごい楽しいし、居心地よくて俺も時間気にしてなかった」

「そう言ってもらえてなによりです……」

「俺の方こそ、遅い時間まで居座ってごめんな」

「ううん、急に誘っちゃったのにありがとう」

きっとこのあとお母さんに、久我くんについてあれこれ聞かれるんだろうな。

どういう関係なの、とか。好きなの、とか。

考えただけで、顔が熱くなってくる。

知れば知るほど、接すれば接するほど、久我くんのいいところばかりが見えてくる。

こんな素敵な人、どこにでもいるわけじゃないってわかってる。

ひとつの恋が終わっても、新たな恋を始められるのは、生きている証拠。

そうだよね……。

蒼くんのことでちゃんと気持ちの整理がついたのも、久我くんの存在があったから。

もう恋なんてできないと思っていたけど、案外近くにその新しいつぼみはあるのかもしれないな。

「あ……」

靴を履こうとしていた久我くんは、なにかを思い出したように動きを止めてあたしに向き直る。

「よかったら、お兄さんにお線香あげさせてもらえないかな」

とても、真剣な目で。

「ほんとに？　ありがとう……」

うれしかった。

会ったこともないお兄ちゃんに手を合わせようとしてくれるその気持ちは、やっぱり優しい彼の思いの表れのような気がして。

あたしは、玄関のすぐ隣にある和室に案内した。ここにお兄ちゃんの仏壇があるんだ。

お兄ちゃんの好きだったものや、綺麗なお花で囲まれている。

久我くんは仏壇の前に立つと、線香を手に取った。

「そうだ、あたしハンカチ持ってくるね」

「ハンカチ？」

「あの……久我くんが貸してくれたハンカチ」

やっと、持ち主の手もとに返せる。

それが久我くんだったなんて、これって運命かな。

なんて、柄にもないことを考えながらふふっと笑い、階段を駆けあがって自分の部屋に向かった。部屋に入り、ハンカチが入っている引き出しを開ける。

「あれ……？」

けれどいつもあるはずのハンカチが、こつぜんとなくなっていた。

別のところにしまったんだっけ？

そう思って机のすべての引き出しを開けてみるけど、どこにもなかった。

「じゃあこっちかな……」

クローゼットの中の引き出しを開けてみるけど、そこにも入ってない。

「なんでなんで？」

いつもあったはずのものが見当たらず、軽くパニックになる。

ほかにも思いつくところを探したけれどやっぱりなくて、カーペットの上に膝をついてあたりを見渡す。

どうして今日に限ってないの？　せっかく返せるはずだったのに……。

はぁ……仕方ない。

今日のところは正直に話して謝って、またゆっくり探そう。

ガックリしながら階段を降り、久我くんの元へ戻る。

「あの……」

声をかけながら和室へ入ったけれど、途中で口をつぐんだ。

久我くんが、真っ青な顔で仏壇を見つめながら、立ちつくしていたから。

「どうしたの……？　顔色悪いけど」

声をかけると、ハッとしたようにあたしを見た彼。

「……っ」

それから声にならない声を発した。

「……悪い……帰る」

さらにそう言うとそのまま玄関に向かい、ふらついた足取りで靴を履くと玄関を出ていってしまう。

それはあっという間の出来事だった。

「ちょっ、久我くんっ？」

あたしはわけがわからず、慌てて靴を履いて外へ出るけど、闇夜《やみよ》にのまれたその姿はもう見えなかった。

いったい、どうしたんだろう。

腑《ふ》に落ちないまま家に入り、さっきまで久我くんがいた和室に足を踏みいれる。

ぐるりと部屋の中を見渡してみても、変化なんてないし答えはわからない。

「久我くん帰ったの？」

そこへ、お母さんが顔をのぞかせた。

「うん……」

状況が把握《はあく》できないままお母さんに尋ねられて、そう答えるので精いっぱい。

「どうしたの？　難しい顔して」

「えっと……」

なにをどう説明していいかもわからず、首をひねるだけ。

「そうだ。お母さん、あたしの部屋で青いハンカチ見なかった?」

どこかへ消えてしまった久我くんのハンカチ。

もしかして、お母さんが見つけてどこかへ片づけた可能性もある。

「青いハンカチ……。ああ、遥輝の?」

「え? そうじゃなくて、あたしの部屋に置いてあったものなんだけど」

「だから、遥輝のでしょう?」

「ううん、ちがうの。あたしが久我くんに借りたものなの」

青いと言ったからお兄ちゃんのものだと思ったのか「遥輝の」と連呼するお母さんに、どこのブランドのもので、とその特徴《とくちょう》も伝える。

「だからそれでしょう? ずっとないと思ってたの。今日美紗の部屋を掃除《そうじ》してたら出てきたから、洗濯が必要かと思って。ちょっと待ってて」

脱衣所《だついじょ》に向かったお母さん。

バタンと洗濯機を開け閉めする音が聞こえたあと、戻ってきた手の中にあったのは。

「これよね?」

やっぱり久我くんから借りたハンカチだった。

「うん。ごめんお母さん、それ、お兄ちゃんのじゃないんだ」

どのハンカチをなくしてしまったのかはわからないけど、残念ながらそれはちがう。

久我くんのものだ。お母さんの手からそれを受け取ろうとする。

「なに言ってるの。遥輝のよ？　ほらここ見て」

どこまでもお兄ちゃんのだと言いはるお母さんは、内側に縫《ぬ》いつけられたタグを見せてきた。

そこには〝H.N〟と書かれていた。

「……え？」

手に取ってもう一度よく見る。

几帳面なお兄ちゃんは、自分の持ち物には記名していた。

そう、まさにここに書いてあるように〝H.N〟と。

どうして久我くんのハンカチに、お兄ちゃんのイニシャルが？

久我くんが同じようにイニシャルを書いていたとしたら〝R.K〟になるはずだ。

だんだんと、自分の顔が険しくなっていくのがわかる。

「とにかく、それは遥輝のにまちがいないでしょ？」

お母さんは念を押すように言うと、和室を出ていった。

お母さんは、あたしの部屋でこのハンカチを見つけた。

ということは、あたしが久我くんから手渡されたものにまちがいない。

なのに、それがお兄ちゃんのものって、どういうこと……?

引きよせられるように、お兄ちゃんの遺影に目を向ける。

そこには日焼けした顔でさわやかに笑うお兄ちゃん。

……そういえば。

さっき久我くん、お兄ちゃんの仏壇をみたまま固まっていた。

ハンカチをじっと見つめる。

これがほんとにお兄ちゃんのものだとしたら、どうしてそれを久我くんが持っていたのか。いったい、いつ、これをどこで手にしたのか。

静かに、胸の奥がざわつき始める。

けれど、いくら考えても、点と線が結ばれることはなかった。

あこがれの存在

さかのぼること、約半年前。それは、高校受験の日のこと。

『うわっ、雪降ってきたじゃん』

『予報より早くね？』

『どうりで寒いわけだ』

友人たちがそう言って騒ぐ空を見上げれば、一面グレーのそこからは白い粉雪が舞ってきていた。

乾いたアスファルトの上には、すでに新雪がうっすら積もり始めている。

今日受験した桜園高校は、第一志望校。

県内の私立の中でも学力レベルはトップクラス。

文武両道の桜園高校は、中学でバスケを始めたころから憧れていた高校だ。

三年生になってからは部活と塾《じゅく》を両立させて、引退後は必死に受験勉強をしてきた。

やれることはすべてやった。あとは神頼みだな。

それにしても、こんな日に雪が降るなんて……ツイてない。

コートのえりもとに顔をうずめるようにし、まっさらな白に一歩足を踏み出す。

『あ……』

ふと思い立って、カバンの中をのぞきこんだ。

予感的中。ペンケースが入ってない。んだよ……。

面倒だけど取りに行くしかない。明日ってワケにいかないんだから。

『悪い。忘れ物した』

『マジで？　バス来たら先に乗ってるからな～』

『だな、寒いし』

薄情な友人たちにうなずき、俺は校内へ逆戻りした。

暖房《だんぼう》のついている校内は温かかった。

受験会場は三階。

〝2－5〟というプレートのついた教室へ入ると、誰もいないと思っていたのに女子生徒がひとり座っている。

……なにしてんだ？

不思議に思い、自分が座っていた席に向かいながら横目で見ると……泣いていた。

両手で顔を覆い、肩を震わせながらおえつを漏らすその姿に、いったいどうしたんだろうと興味を持ったのは自然のことかもしれない。

試験の出来がよくなかったんだろうか。

『うっ……ううっ……』

静かな教室。その声はよく響いた。そんな姿から、なぜか目が離せなくて……。

――ガタンッ。

彼女に気をとられながらペンケースを取ろうとしたせいか、机が動き大きな音を立ててしまった。

やば、と思ったときには、彼女はハッとしたように顔を上げていた。

俺は見てはいけないものを見てしまったと、とっさに謝る。

『あ……ごめん』

すごく肌が白い子。そう瞬時に思ったのは、泣いているせいで顔や目が真っ赤だったのもあるかもしれない。

左右の耳の下で結ばれた、胸もとまでの黒髪。

大人しめの印象な彼女の大きな目から、ポロポロとこぼれる涙。

その姿はとてもはかなげで、不謹慎《ふきんしん》だが、綺麗だと思った。

『よかったら、これ使って』

俺はとっさに、ポケットに手を突っこみハンカチを手渡していた。

どうしてだかわからない。でも、体が勝手に動いていたんだ。

数カ月後。無事に入学し、同じクラスに彼女を見つけたときは驚いた。

それがあのときの〝彼女〟、美紗との再会。

試験がボロボロだったわけじゃないんだ。

それと同時に、また会えたことがうれしかった。

どうしてか、美紗には初めて会った気がせず、なんだか懐かしいような不思議な感覚にとらわれて、気づけば目で追っていた。

中学で三年間一緒に過ごした女子にもこんな気持ちを抱いたことがないのに、受験の日たった一度だけ接した美紗に、どうして。女子が苦手な俺が。

……とまどった。

美紗は、俺が苦手とする女子とはまったく別のタイプだった。

派手でノリのいい目立つ女子とは真逆で、友達ふたりと過ごしていることが多い。

大人しそうで控えめなのは、あのとき抱いた印象のままだった。

入学したてのころ、学食で一緒に昼飯を食べたときは、ひそかに緊張していた。

でも、すぐに蒼先輩に好意を持っているとわかり、なんだかおもしろくないと思った自分にもとまどった。

なんの縁なのか、美紗とは接する機会が多かった。

委員会に、クラスの席。

特別な理由をつけなくても、話す機会は自然と増えていった。
その気持ちが、好きと自覚するまではあっという間だった気がする。
受験の日に俺と話したことを美紗はまったく覚えていないようだったが、できれば
あのハンカチは返してほしかった。
理由は……俺のものじゃないからだ。
一度はあきらめていたものの、美紗に再会したことで、ハンカチを返してもらおう
と口に出しかけたこともある。
それでも、俺を覚えていない様子の美紗にはなんとなく言えないままでいたんだ。

美紗の家からどうやって帰ってきたか記憶がないくらい、俺は混乱していた。
家に入ってすぐ、電気もつけずに玄関にしゃがみこむ。
いったい……なにがどうなってんだよ。
美紗のお兄さんに手を合わせようとして遺影を見た瞬間、時が止まった気がした。
なにがどうなっているのか。息の仕方さえ、わからなくなった。
なぜなら、俺はその人を知っていたからだ。
彼に出会ったのは、俺が中一の秋だった。

『ばあちゃんが入院？』

それは突然だった。

俺の家族構成は、両親、母方の祖母、俺の四人。

両親は共働きで忙しく、事実上ばあちゃんがこの家の主婦だ。

そんなばあちゃんが、家の階段を踏みはずし、足を骨折してしまったというのだ。

『そうなのよ。困ったわ』

家事をはじめ、俺のことも一手に引きうけていたばあちゃんが入院となり、家の機能はストップした。

ばあちゃんに頼りっぱなしだった母さんも、さすがに困っているようだ。

『どうしようかしら……お手伝いさんにでも来てもらう？』

そこで、仕事を軽減する発想に至るなんて期待は、もうずいぶん昔にやめた。

だが、それが悪いとも思ってない。

働くことで生き生きしている母さんは嫌いではなかったし。

家にずっといて家事をしている母さんなんて想像もつかない。

だからと言って、もういい年のばあちゃんに成長期の息子のいる母親と同じことをやらせているのは俺もどうかと思うところもあり。

『いいよ。俺だってもう中学生なんだから、家のことくらいできるって』

『そう……？』

母さんは不安顔。

俺がどれだけ大人になったかなんて、母さんは知らないんだろう。

ご飯だって炊《た》けるし、卵焼きも作れるようになった。

掃除だって洗濯だって、ばあちゃんが教えてくれたんだ。

『これからの男は家事くらいできないとダメなんだよ』

そう口癖《くちぐせ》のように言って。

『おばあちゃんも凜太朗の顔見たら安心するだろうし、ときどきお見舞いに行ってあげてね』

『うん』

『じゃあ、洗濯物の回収とか新しいタオルや下着届けるのもお願いできる？』

『了解《りょうかい》』

しっかり俺にそれを頼むあたり、それほど心配はしていないようだった。

病院へは、バスで三十分。

部活が休みの日や休日部活が早く終わったときは、顔を出すようにしていた。

『ばあちゃん、具合どう？』

『凜太朗、今日も来てくれたの？　悪いね』

『悪くなんてないよ』

ここへ来るのが面倒だとか疲れるなんて思ったことはない。

母さんに言われなくても、俺はきっとここへ来ている。

顔を見ないと安心できないのは、俺の方かもしれない。

『そこにリンゴがあるから取ってちょうだいな』

棚に置いてあるリンゴを指さすばあちゃん。

きっと、俺のためにむこうとしてくれているんだろう。

『俺リンゴはいらないよ』

『ばあちゃんが食べたいんだよ』

そんなこと言って、俺にくれるくせに。

ばあちゃんの気持ちを無駄にするのも逆に悪いと思ってリンゴとナイフを持ってくると、だまってばあちゃんの隣にパイプ椅子を持ってきて座った。

『風邪はひいてないかい？　ご飯はしっかり食べてるかい？　学校へ出すプリントは大丈夫かい？』

するすると器用にリンゴをむきながら口から出るのは、相変わらずな言葉。

『ふっ』

思わず笑ってしまった。人の心配ばっかりして。

でもまあ、母さんの生きがいが仕事なら、ばあちゃんは俺に世話を焼くのが生きがいみたいなもんだからな。

ばあちゃんに育ててもらったおかげで、体は十分すぎるほど丈夫だ。

手作りの味噌《みそ》を使った味噌汁に、和食中心のおかず。

小さいころから水代わりに牛乳を飲まされ、おやつには小魚や豆を与えられた。

こんな年寄りみたいなおやつなんて昔はイヤだったが、今ではそれがもう当たり前で、学校帰りに寄るコンビニでは小魚チップスを買ったりしている。

中一ですでに一七〇センチある俺は、バスケをやるにはかなり有利。

ばあちゃんには感謝だ。

やがて、ばあちゃんはウトウトし始めた。

寝ている間に俺が帰ってしまうとばあちゃんが寂しがる。

きっと一時間くらいで目を覚ますはずだから、それまで時間をつぶすか。

そのつもりで、カバンの中にはバスケの教本を入れてきた。

俺はそれを持って病室を出る。

病棟は東西南北に分かれていて、院内をぐるりと一周することができる。

ばあちゃんがいるのは六階の西病棟。

日当たりのいい南病棟には談話スペースがあり、テラスに出ればガーデンチェアも備えられていて、暖かい日には日向ぼっこしている患者がいたりする。

この病院にはコンビニもカフェも、本屋もある。

時間をつぶす場所はいくらでもあるが、俺は談話スペースへ向かった。

到着してガラス越しに中を見ると、誰の姿もなくてホッとした。

ほかに患者がいれば話しかけられることもあり、雑談が苦手な俺はなにを話せばいいかとまどってしまうから。ひとりの方が落ち着く。

本を読んで、そのあと昼寝でもするか。

そう思いながら談話スペースに足を踏みいれたとき、背後で物音がした。

廊下へと振り返ると、同じ年くらいの男子が一生懸命自分の乗っている車椅子と格闘している。

どうやら、動かなくなってしまったらしい。

周りを見てもここには俺しかいない。

『あの、手伝いましょうか?』

足を戻して声をかけた。

自分から声をかけるのは苦手だが、ほかに誰もいないし見て見ぬふりはできない。

俺の声にハッとしたように顔を上げた彼は、少し苦笑いしながら頭を下げた。

『すみません、お願いします』

——それが、遥輝くんとの出会いだった。

車椅子に触れるのは初めてだったが、ふたりでどうにか操作したら車椅子は動いた。

『ありがとうございます。助かりました』

笑顔でお礼を言う彼の頭には毛糸の帽子《ぼうし》。

直感した。彼は、薬の副作用で髪の毛が抜けてしまっているのかもしれないと。

自分と対比した姿に、なんとなく目をそらしてしまう。

彼は車椅子を動かすと、そのまま談話スペースに入っていったが、俺は入るのをためらっていた。今入ったら、彼とここでふたりきりになる。

それを本能で避けたいと思ってしまったからだ。

元気な自分と、病気の彼。どこかで、彼を気の毒に思っていた。

なんの病気かわからないが、彼だって、健康な俺がのうのうとこんなところで本を読んでいるのをおもしろく思わないだろう。

俺の知識で髪の毛が抜けるといえば、抗ガン剤《ざい》の副作用しか思いつかない。

それってつまり、ガンってことだろ？

この年でガンなんて……闇に突き落とされるようなものだ。そんな彼は、俺を見ることで、自分の境遇をさらに悲観してしまうんじゃないか……？

『入らないんですか？』

ふいに彼が振り返る。

さっきまで中にいた俺が、いまだに廊下で突っ立っているのを不思議に思ったのかもしれない。

『あ……』

まるで、俺の心の中を見すかされたようでバツが悪くなる。

それだけ言うと彼はすぐにまた前を向き、自販機の前まで行くと車椅子を止めた。

飲み物を買いに来ただけなのかもしれない。なら長居はしないか。

俺はどこかホッとして、談話スペースに入るとそこを通過してテラスへ出た。

ここは南側だからよく陽が当たっている。

秋の風は心地よく、椅子の背もたれに体を預けるようにして本を開いた。

中学からバスケを始めた俺。

プロの選手になりたいとか、そんなデカい夢を持っているわけじゃないが、今はただバスケが楽しいから、うまくなりたい。

練習も大事だが、教本もたくさん読んでいる。

活字を読むのは苦手だが、好きなことのためなら苦じゃなかった。

バスケの本を読み始めると夢中になる。読むたびに発見があって楽しい。

寝るどころか、集中しすぎるくらい本に没頭《ぼっとう》していたとき。

ふと視線を感じて反射的に本から顔を上げると、すぐ横にさっきの彼がいた。

『わあっ！』

大げさに驚いてしまったのは、まるで瞬間移動でもしたかと思うくらい人が来た気配を感じなかったから。いったいいつの間に⁉

『あ、ごめんなさい。すごく集中してるみたいだったから、声かけるタイミングがわからなくて』

どうやら、俺に話しかけるつもりでここまで来たらしい。

なにか……？と目で訴える。

『なんの本読んでるんですか？』

『えっ？』

『バスケ……？　バスケやってるんですか？』

本をのぞきこみ目をキラキラさせる彼は、バスケ経験者なのだろうか。

そう思うと、警戒心《けいかいしん》が解けた。バスケをやっているヤツに悪い人はいない。

周りからバスケバカと言われるくらいの俺。バスケという共通点があるだけで友達になれると思っているくらい、今一番ハマっていることだから。

『はい、中学の部活で』

『へー、俺の友達もバスケやってるんですよ。……え？　中学？　中学生なんですか?」

『はい。今中一ですけど』

『ええっ!』

彼は大きい目を倍くらいに開いた。

『中一? ほんとに?』

『……はい』

『てっきり高校生くらいかと思ってた』

初対面の人と、何度こういうやり取りをしたかわからない。

またかと思いながら苦笑いで問いかける。

『そんなに俺って老《ふ》け顔ですか?』

小学生の高学年になってから、電車やバスに乗るときは、子ども料金で乗るたびにイヤな思いをした。

いちいち年齢確認されるのが面倒で、はじめから大人料金で乗ったこともある。

中学生になって堂々と大人料金を払うようになって、どれだけ気が楽になったか。

ファミレスのおまけコインなんて、もう四年生くらいからもらえていない。

『ごめんごめん、そういうわけじゃないんだよ。もっとポジティブにとらえようよ。大人っぽくてカッコいいって意味だよ』

彼は俺の肩を軽くはたく。
いたずらっぽく、白い歯をのぞかせて。
その笑みに、頭をガツンと殴られたような気がした。
……気の毒だ、と思ってしまった自分を恥ずかしいと思った。
彼は、自分が病気であることでの俺とのちがいを、これっぽっちも感じていない。
俺がさっき思ったのは彼へ対する偏見だった。なにを勘ちがいしていたんだろう。
彼は俺に対して、そんな感情を一切持ってないんだ。
病気であることを悲観している……なんて、余計なお世話に過ぎなかった。
『それは……どうも』
なんだかいたたまれなくなり、目をそらした。
それでも、彼は俺の瞳の中に映りこんでくる。
『身長だって一七〇くらいあるんじゃない？　俺の友達も同じくらいだから』
『ちょうど、一七〇です……』
『へー、やっぱり。中一で一七〇ってすごいな。あ、敬語はいいよ。俺も中一だから
大して変わらないし。そうだ、はいこれ』
テラスのテーブルに置かれたのは缶コーヒー。
『え？』

『一緒に飲もうよ』

ニコニコと笑う彼は、ほんとに今日初対面なのだろうか。

出会ったのは、ほんのついさっき。

俺なら絶対に真似のできないような友好的な行動に面食らう。

『高校生だと思ったからコーヒーにしちゃったんだけど、飲める？　こっちと交換する？』

ははっと笑う彼の手には桃ジュース。

『の、飲めますけど』

子ども扱いされてつい言ってしまったが、実はまだコーヒーなんて飲んだことない。

『俺、遥輝。きみは？』

『凜太朗……』

『凜太朗くんね。あと、ほんとに敬語いいから。それもお近づきのしるしと思って受け取ってよ』

『じゃあ……いただきます』

お近づきのしるしって。彼は俺と仲よくなりたいのか？

俺は昨日今日会った人と友達になるとか、そんなのありえないのに。

それでも、ポンポンと軽快に飛び出す言葉のおかげか、彼の出すやわらかい雰囲気でか。言っていることはちょっと強引なのに、こちら側に不快な気持ちを与えないという不思議な魅力があった。

もらった缶コーヒーをひと口含む。

『うっ……』

『ごめん、それブラックなんだ』

顔をしかめた俺に、遥輝くんが笑う。

初めて口にしたコーヒーは、想像以上に苦かった。

『平気だし』

ムキになって、ごくごくとコーヒーを喉へ流しこむ。

……自分は桃ジュースのくせに。

喉を通る苦みは、飲めば飲むほどクセになる気がした。

コーヒーを好きになったのは、この日がきっかけだ。


次に遥輝くんに会ったのは、年が明けてからだった。

前回と同じように南病棟の談話スペースにいると、遥輝くんがやってきたのだ。

『凜太朗くん！』

『あ、遥輝くん！』

数カ月振りの再会だったが、前回の彼の雰囲気をすぐに思い出し、懐かしい友達に会ったようなうれしい気持ちになる。

『またお見舞い？』

『今度はばあちゃん、肺炎《はいえん》になって』

骨折は完治したが、今度は風邪をこじらせて肺炎になり、再び入院となったのだ。

『そっか。時期が時期だもんな。お大事にしてね』

『ありがとう』

遥輝くんがなんの病気で入院しているかは、前回聞かなかった。

俺はばあちゃんの見舞いだと伝えたが、遥輝くんは自分については語らなかったから。

聞けば教えてくれたのかもしれないが、なんとなく聞かなかった。

ただ、帰り際『お大事に』とだけ伝えた。

あれから四カ月過ぎていたが、遥輝くんは見た目にはなにも変わっていない。

車椅子に乗っているのも、頭に被っている帽子も。

それを踏まえると、遥輝くんはあのあともずっとここに入院していたんだろう。

俺が学校へ行き、バスケをしている間、遥輝くんはずっとここに……。

そう思うと、会えてうれしいなんて……不謹慎だよな。

鈍い痛みが胸を刺す。

『バスケはどう？　がんばってる？』

俺の近況を聞いてくれる遥輝くんは、相変わらず笑顔だった。それに救われた。

『うん、練習はきついけど楽しいよ』

遥輝くんが笑顔なのに、俺が暗い顔してどうする。

そのとき、目に飛びこんできたものを見て俺は笑った。

『なんかそれ、かわいすぎない？』

遥輝くんの膝にかけられていたブランケットに、女子の好きそうなキャラクターが描かれていたから。中学男子が使うようなもんじゃないだろ。

『だろ？　これはないよなー。家族がこれ持ってきたから仕方なくてさあ』

『とかいって、遥輝くんの趣味なんじゃないの？』

『はあ？　勘弁《かんべん》してよ。どうしたら信じてくれる？』

『ははっ』

久しぶりなのに、昨日も話していたかのように会話が弾む。

人見知りな俺が不思議だけど、遥輝くんに対しては心が許せた。

『これ、妹のなんだよ』

『妹いるんだ。きょうだいいるってどんな感じ？　俺いないから全然わかんないんだ』

『うーん、どうって、難しいな。なんなら姉ちゃんもいるから生まれたときからきょうだいいたし、当たり前すぎてよくわかんないよ』

説明が難しいほど、遥輝くんにとってはきょうだいの存在が自然なんだ。

うらやましかった。

俺にきょうだいがいたら、どんなだっただろう……想像もつかないや。

『そうだ。妹は凛太朗くんと同い年だよ』

『へー、そうなんだ』

『今度機会があったら紹介するよ』

『べつにいいよ』

『なに？　照れてんの？』

『は？　そんなじゃないし』

『言っとくけど、かわいいからな』

『シスコン』

遥輝くんとはいろいろな話をした。

中でも、遥輝くんは自分の家族についてよく話してくれた。

よっぽど家族のことが好きで大切なんだろうと、うらやましく思った。

俺も家族のことは好きだけど、人に話すほどのネタがあるわけでも、相手がおもしろいと思えるものもないから。

遥輝くんは、誰とでもすぐに仲よくなれるタイプらしい。

ここにいる患者さんやその家族の人たちとも、何気なく会話を交わしていた。

俺は話しかけられないのに、遥輝くんはなぜか話しかけられることが多かった。

〝なぜか〟、じゃないな。

誰だって人を見る。遥輝くんは、明らかに親しみやすいオーラが出ているから。

だから俺だって、そんな遥輝くんがいっぺんに好きになったんだ。

次いつ会おうなんて約束するわけじゃない。連絡先も交換していない。

ばあちゃんの見舞いに行って、南病棟でたまたま会えたら話す、そんな関係だった。

再会を信じてる

三度目に会ったのは、中二に進級してすぐだった。
『いいペースで会ってるよね。俺ら、遠距離恋愛してるカップルみたいじゃない?』
『カップルって……』
その例えに俺は失笑。
『なんだよ、不満そうだな』
『普通に不満だろ』
今日ここで遥輝くんの姿を見てウキウキしたなんてことは、絶対に黙っておこう。
『言ってくれるじゃん。あー、凛太朗くん、好きな女の子いるんだろ』
『いないって』
恥ずかしくてそう言ったが、嘘じゃない。
好きな女子なんていないし、そんな感情さえまだわからない。
『ふーん。でも、モテるでしょ』
『んなことないよ』

『今までに何回くらい告白された？』

『数えてない』

『ほらー、数えてないくらいあるってことだ！　さすがだなー』

『っ、そういう遥輝くんはどうなんだよ！　そっちこそモテるだろ？』

……あっ。

照れもあり、振ってしまってから今のは失言だったんじゃないかと焦る。

いつから病院にいるかわからない遥輝くんに、そんな質問……。

『そうでもないよ。つうか、好きな子いるし、モテてもあんまり意味ない』

けれど俺の不安に反して、否定でも肯定でもない答えを返すから、密かに胸をなでおろした。

しかも好きな子もいるという。

にしても、やっぱりモテるんだよな。この性格じゃ当たり前だ。

なら、どうして俺を好きになる女がいるのかがすごく不思議になった。

こんなに無愛想なのに。

そして好きな子からじゃなきゃモテても意味ないとか、遥輝くんはいちいちカッコいい。

『好きな子いるんだ』

『へへっ、まあね』

俺が冷やかすと、遥輝くんは恥ずかしそうに口もとをゆるめた。

『付き合ってんの？』

恋の話に興味があるのは女だけじゃない。

中学生男子が集まればそんな話ばかりだ。

遥輝くんの恋の話となれば、なおさら興味がある。

『いや、ちがうけど』

『あ、そっか……』

てっきりそうなのかと思ったから少しがっかりする。

でも、あくまで遥輝くんは前向きらしい。

『今はそうでも、これからがんばるし！』

左手で力強くガッツポーズを作る。

『応援してるよ！』

彼女との関係もわからないくせに、遥輝くんの目の輝きに俺の方まで不思議な自信が湧いたとき。

『ママー！』

小さな女の子が、慌てた様子で談話スペースに入ってきた。

クマのぬいぐるみを大事そうに抱いている。

ここで穏やかな時間を過ごしている人々の視線は、いっせいに女の子に向けられた。

『ママ、ママー』

迷子になってしまったんだろうか。

幼稚園児くらいのその女の子は、パタパタと走りまわる。

そのうち、女の子の手からクマのぬいぐるみが落ちた。

あっ、と思ったときには、遥輝くんが車椅子を動かしていた。

落ちたクマの隣で車椅子を止め、身をかがめてクマを拾いあげると、また車椅子を動かして女の子のそばへ行き、ぬいぐるみを手渡す。

『これ落ちたよ。ママを捜してるの?』

ぎゅっとそれを抱きしめ、うなずく女の子。

俺も一足遅れてそばへ寄った。

車椅子なのに、こんなときにサッと行動できるのはさすが遥輝くん。

妹もいるし面倒見がよさそうなのはわかっていたが、とても自然にふるまうその姿に兄という立ち位置を痛感する。

って、感心している場合じゃない。

今のは体の自由のきく俺がするべきだったんじゃないかと、バツが悪くなる。

俺はとっさに女の子の前で、目線の高さを合わせるようにしゃがんだ。

『お兄ちゃんが一緒にママを捜してあげるよ』

自分のことを『お兄ちゃん』なんて呼ぶのは初めてだし恥ずかしい気持ちもあったが、目の前で遥輝くんの行動を見て、次は自分がなにかをしなければとかきたてられたのだ。

俺なら、この子と一緒に病院内を捜すことは可能だ。

『……ほんとに？』

ぬいぐるみに顔をうずめながら、警戒心を隠さない女の子。

母親とはぐれてしまったのだから当たり前だろうが、とても不安そうな顔をしていた。

『ほんとだよ』

俺がもう一度言うと、女の子はぱあっと明るい笑顔になる。

母親だって捜しているだろうし、すぐに見つかるはずだ。

そのときだった。

『カナ、ここにいたのか』

父親だろうか。背の高い若い男性が、女の子の名前を呼びながらここへ入ってきた。

『ひとりで行ったら迷子になるだろ？』

捜しまわっていたらしい。疲れた様子でこちらへ近づいてくる。
よかった。母親じゃなくても家族に会えたのならもう大丈夫だろう。
ホッとして顔がゆるんだ俺とは対照的に、女の子はまた険しい顔になる。
そして、父親から隠れるように俺と遥輝くんの後ろへ回りこんだのだ。
……ん？
『こっちへおいで』
『やだ！』
『カナ』
『やだもん！　ママをさがすんだもん！』
その行動が理解できず、間に挟まれた俺はなすすべもなくやり取りを見守るだけ。
『カナ、言ったよね。ママは……もうここにはいないんだよ』
父親がさとすように言うが、女の子は首を強く左右に振る。
『やだっ！　いるもんっ！』
そう叫ぶと、走ってここを出ていってしまった。
……いったい、どうしたんだろう。
『すみません、お騒がせしました』
父親は俺たちに軽く会釈した後、肩を落としながら言った。

『あの子の母親は、一カ月前にこの病院で亡くなったんです』

言葉を失った。

そんな事情があったとは、想像もできなかった。

『ずっとここに入院していたので、来れば会えると思っているみたいで。毎日連れていけとせがむんです』

よく見ると、その顔はとてもやつれていた。

『気が済むかと思って連れてくるんですが、そのたびにこうやって病院内を捜しまわって……』

力なく落とす声に、返す言葉も見つからない。

『まだ四歳なので理解するのは難しいと思うんですが……。ご迷惑をおかけしました』

父親は、このスペースにいる人全員に言うように頭を下げると、ここを出ていった。

いっときは静まり返っていたここも、やがて何事もなかったかのように、人々はそれぞれ自分の時間に戻る。

遥輝くんも車椅子を動かし、元いた場所まで戻っていく。

俺もさっきまで座っていた椅子に戻ったが……胸の中がモヤモヤしていた。

『ママを捜してあげる』

この病院にいるなら簡単に捜せるだろうと口をついた言葉は、あの子にとって、結果、とてもむごいものだったんじゃないか。

安易に喜ばせて、また悲しみの底につき落としてしまったんじゃないか。

……はぁ。

体を前かがみにして頭を倒し、自分の言った言葉に後悔を抱いていると、力強い声が聞こえた。

『あれでよかったんだと、俺は思う』

顔を上げると、遥輝くんが優しい目で俺を見ていた。

『俺だって、まさかあの子のお母さんが亡くなってるとは思わなかった。凜太朗くんが言ってなければ、あの言葉は俺が言ってたよ』

……ああ、遥輝くんには敵わないや。

俺が今なにに後悔して、なにに悩んでいるのかがわかったってことだろ?

体の力がふっと抜けていく。

遥輝くんの言葉に、すべて許されたような気がして。

『まちがったことは、してないよ』

『…………』

不覚にも、涙があふれてきた。

どうしてこんなにも遥輝くんは、俺の気持ちをわかってくれるんだろう。

遥輝くんといて思うのは、人をよく見ているということだ。

今日ここには十人程度の人がいた。

なのに、動いたのは遥輝くんだけだった。

常に周りに目を配り、心を配って……だからこそ、できた行動。

俺は、そんな遥輝くんを見て……。

……そうだ。

今までの俺だったら、あの場面で女の子に声をかけるどころか、気づかぬふりをして本を読み続けていたかもしれない。

遥輝くんと出会って関わるうちに、彼のような人間になりたいという感情が少なからず芽生えていたんだ。

『俺もさ、突っ走りすぎて空気読まずに発言することもあるし、それが気に入らない人からは、正義漢《かん》ぶって…って思われるし、俺のこと嫌いな人もいっぱいいる』

『そんなこと……』

遥輝くんのことを嫌いな人なんて。

さえぎるようにつぶやいた俺の言葉をかき消すように、遥輝くんは首を振る。

『それでもいいんだ。ただ俺は、自分の気持ちに正直でいたいから。カッコつけるつもりは全然ないけど、思ったら行動しなきゃ気が済まないんだ。ある意味不器用なのかもしれないな』

『そんなことない。俺はそんな遥輝くんをカッコいいと思う。尊敬してるよ』

『なんだよ、照れるな』

もっともっと、遥輝くんのような男になりたいと思った。

ほんとの意味で、男らしくて、強い存在に。

昼下がりの午後の日差しが、俺たちを明るく照らしていた。

それは温かくて、優しかった。


遥輝くんとの交流は、その後も続いた。

肺炎が治った後、なにかと体調を崩すことが多くなったばあちゃん。

検査入院することもあり、そのたびに南病棟に足を運んだ。

毎回彼に会えるわけじゃないが、ときどき会える。それがまた楽しかった。

話せば話すほど、遥輝くんという人柄が大好きになっていく。

思いやりがあって、言葉一つひとつにも説得力がある。

遥輝くんに言われたらイヤとは言えないような雰囲気すら持っている。

でも、決して押しつけがましいわけではなく、相手を思っての言葉だから素直に聞けるんだ。

気だるくやる気のないクラスメイトたちよりも、入院を余儀なくされている遥輝くんの方が、よっぽど生き生きしているように思えた。

そういう俺だって、教室の中では無気力かもしれない。

けれど遥輝くんを見ていたら、健康な自分がそんなんでどうするんだと言われているようで、もっと日々を大切に過ごそう、そんなふうに思えるようになっていた。

会話の端々で、たまに退院している様子もうかがえた。

でも、今さらなんの病気なのか聞く勇気もなかった。

やがて遥輝くんは、俺のことを『凛太朗』と呼びすてにするようになった。

『弟みたいだし』って言った遥輝くんに、『姉ちゃんと妹いるのに贅沢だなー』って笑ったら『凛太朗の兄貴になってやるんだよ』って言われて、すごくうれしかった。

遥輝くんは、先輩とはまたちがう。でも、同級生のような友達とも少しちがう。

〝兄貴〟と呼んでもいい特別な存在なんだと思ったら、俺にも味方ができたようでうれしかった。

泣き虫な妹の話。優等生でしっかり者な姉の話。年のわりにはかわいらしい母親の話。いまいち空気の読めない、でも読みたいと実は必死な父親の話。

相変わらず家族の話をたくさん聞かせてくれるものだから、会ったこともないのに勝手に想像を膨らませて、その人物像が頭の中にできあがっていた。

けれど、遥輝くんが高校生になる年になっても入院したままの姿を見るのは複雑だった。

俺も中三ということで、受験生の俺へエールを送ってくれる彼に、なんとも歯がゆい気持ちになる。

そして、ばあちゃんの病状も思わしくなくなっていく。

家に戻っても無理するだろうからと、入院していることが多くなった。

夏休みを終えて一カ月ほど経ったある日。

いつものように南病棟にやってきた俺は、車椅子に乗った遥輝くんの後ろ姿を見つけた。

後ろ姿でわかるとか恋人かよ……と自分にツッコミを入れて、会うのは何カ月ぶりかな、なんて思いながら足を速めたとき。いつもとちがうなにかを感じた。

隣に看護師さんがいたのだ。

『遥輝くん』

それでも、俺はいつものように声をかけた。

『おう！　凜太朗！』

彼はいつもの笑顔で返してくれた。でも……。顔色は悪く、とてもやせていた。

一瞬言葉を失ってしまう。
『……久しぶり……だね』
入院しているんだから、元気なわけはない。
少しやせたかなとか、ダルそうだななんて感じるときもあったが、そのときは見て
はっきりわかるくらい悪くなっているように感じたんだ。
心臓が早鐘を打つ。
『お友達？』
『はい。少し話してもいいですか？』
『いいよ。じゃあ、三十分後に来るからね』
『わかりました』
看護師さんは俺に頭を下げると、ここを出ていった。
ふたりきりになり、感じたことのない緊張感に襲われる。
もっと体がこわばったのは、遥輝くんが放ったひと言。
『もう会えないかと思ったよ』
顔はにこやかなのに、セリフは穏やかじゃない。
どうしてそんなこと言うんだ……？
言葉を失う俺に、遥輝くんは苦笑いしながら言った。

『いや、会えない方がいいのか。凜太朗がここにいるってことは、おばあさんが入院してんだもんな』

それはそうだけど。

『俺は会いたかったよ』

つい、むきになってしまった。

ばあちゃんが入院してなくても、友達として俺は遥輝くんに会いたかったんだから。

『ありがとう』

俺の思いをどこまで感じたのかわからないが、遥輝くんは優しく笑った。

そして、自分の乗っている車椅子を指さす。

『ごめん、これ押してもらえる?』

『えっ? ……ああ』

車椅子の移動を俺に頼んだのは初めてで、さらに動揺した。

言われるがまま俺は車椅子の持ち手に手をかけ、それを押していつものようにテラスへと出た。

車椅子を固定してから、俺は隣のベンチへ座る。

十月に入ったばかりのよく晴れた空。風は少し強く冷たい。

『俺、凜太朗のこと、大好きだよ』

やっぱりなにかがちがう。今日の遥輝くんは、どこか変だ。

そう思った直後だった。

『俺、もうダメみたいだ』

あまりに唐突に告げられた言葉を理解するには、時間が足りなかった。

空には秋らしいうろこ雲。今日はこのあと雨になるのかもしれない。

なんてどうでもいいことが頭に浮かんだ。

俺はどんな顔をしていたんだろうか。

……おそらく、穏やかな遥輝くんとは真逆の顔をしていたにちがいない。

すぐに言葉の出ない俺に、遥輝くんは謝った。

『悪いな。天気のいい日にこんな話』

『ちょっと待てよ、ダメって……』

天気なんかどうでもいい。俺の周りの景色は、もうとっくにグレーに曇ってる。

だって……それって……死ぬ、ってことか……？

『凜太朗と一緒にいるときは、俺、自分が病気ってこと忘れてた。もうひとりの自分がいるみたいで。そんな時間がすごく楽しかったんだ。友達っていうより、ほんとに弟みたいで』

『なに言って……』

『でもさ……いつまでも凛太朗の兄貴はできないみたいだ』
鈍器で頭を殴られたかのような衝撃が走った。
『んなこと言うなよっ！』
俺は立ちあがって遥輝くんの前に回りこみ、正面から車椅子を両手で力強くつかむ。
そして遥輝くんに、グッと顔を寄せた。
病気の話は今まで聞いたことがなかった。それを今、この瞬間に後悔した。
髪の毛が抜けているならガンかもしれないと思ったのは、ずっと前。
遥輝くんがいつも明るいから、忘れかけていたのも事実。でも。
いきなりそんなこと告げられたって、思考が追いつかない。
想像すらしたことなかった。……遥輝くんが死ぬ、とか。
『ダメってなんだよ！　全然わかんねえよ！』
ぶつかりそうなくらい至近距離にある顔と顔。
必死な俺とは対照的に、遥輝くんはやわらかい表情を変えない。
その冷静さが余計に腹立つ。
『凛太朗……』
『イヤだっ……そんなの絶対……認めないっ……』
言いながら、涙がこぼれた。

胸が張り裂けそうに苦しい。

遥輝くんが死ぬなんて、そんなことあってたまるかよ！

『いい男が台なしだぞ』

『……イヤだ、俺は……イヤだっ……』

泣きながら〝イヤだ〟と連呼する俺に、遥輝くんはいよいよ困ったように眉根を下げた。

『……ったく、妹と一緒だな。凜太朗の涙も俺が拭いてやんなきゃいけないのか』

ははっと笑った遥輝くんは、ブランケットの上にのせていたハンカチを手に取る。

『しょうがねえなあ』

俺の頬にそれを軽くのせると『あとは自分で拭けよ』と言って渡してきた。

俺はそれを手の中で握りつぶし、残りの涙は腕でぬぐう。

『俺がいなくなったら……妹の涙拭いてやるヤツがいなくなっちまうな……』

独り言のようにつぶやくそれがあまりに切実で、心が押しつぶされそうになる。

だから、いなくなるなんて言うなよ……。

新しい涙がまた頬を伝う。

『そうだ、これも』

遥輝くんはパジャマのポケットからなにかを取り出した。

『妹にさ、これあげるとすぐに泣きやむんだ』
『………』
『だから凜太朗も泣きやめって』
それを差し出す遥輝くん。……妹と一緒にすんなよ。
俺が手を出さないでいると、遥輝くんの方から手を取ってそこに握らせる。
小さな存在感と、カサカサという音がした。
するとそこへ、さっきの看護師がやってきた。
『遥輝くん、そろそろ病室に戻ろうか』
『はい』
待ってくれよ。まだまだ話し足りねえよ。
『風が冷たいから、ごめんね』
看護師は俺に向かって言うと、車椅子を回転させる。
そのとき気づく。
遥輝くんは、もう自力で車椅子さえ操作できないんだと。
だから、さっきも俺に頼んだんだ。
『……くっ……』
喉もとで、こらえられないおえつが漏れる。

『待ってよ……遥輝くん』

かすれた声で呼び止めた俺に、遥輝くんはゆっくり振り返った。

『凜太朗、がんばれよ。……ありがとう』

なんだよそれ。別れのあいさつみたいに……。

やんだ風のおかげではっきり聞こえたその声は、いつまでも俺の頭に響いていた。

やがて秋も深まり冬が来て、年が明けて春が来ても、遥輝くんに会うことはもうなかった。

そのうち、会えない事実が怖くて、南病棟に足を踏みいれることもなくなった。

ましてや、遥輝くんの病室を探すなんてことはもっとできなかった。

絶対に生きている。

そう信じるだけで精いっぱいで、現実を知りたくなかったんだ。

あの日交わした会話が最後だなんて、思いたくなかったから。

別れのあいさつだったなんて、絶対にイヤだから。

結局、いつまで経っても、遥輝くんには会えなかった。

しばらく呼び起こしていなかった遥輝くんとの思い出が、ものすごいスピードで頭の中で再生されていた。

フローリングの冷たさが、玄関に崩れ落ちたままの俺を現実に戻す。

「こんなことってあるのかよっ……」

遥輝くんが美紗のお兄さんだったなんて……夢にも思わなかった。

だけど、よく考えればわかったことかもしれない。

美紗は俺と同い年の高校一年生。

去年お兄さんを病気で亡くしていた。

お兄さんはあの大学病院に入院していた。

ふたりが飲んでいた桃のジュース。

それから遥輝くんは言ってた。妹は、泣き虫でかわいくて……。

ヒントはたくさんあったのに、どうして気づかなかったんだよ……！

美紗に初めて会った気がしなかったのは、遥輝くんと雰囲気がよく似ていたせいだ。

大好きな妹だと、いつも自慢げに聞かされたその相手だったからだ。

放っておけない、気になる。そう思ったのは、全部、全部……、遥輝くんへつながっていたから。

「ううっ……」

遥輝くんに最後に会った日以来の涙が零れ落ちる。

床の上に、あとからあとから。
こんな再会があるかよ……っ。
いつか必ず、元気な姿で会えるって、ずっと信じていたのに。
「あぁっ……っ……うっ……」
思い出すのは、遥輝くんの笑顔だけ。
重い病気を患っていながら、いつも笑顔でいた遥輝くん。
俺なんかよりもずっとしっかり生きていて、いろんなことを教えてもらったのに。
ありがとうすら言えてない。さよならだって言ってない……。
伝えたかったこと、なにも伝えられてないのに。
なんでいなくなっちまったんだよ……！
「うああっ……!!」
涙が止まらない。

どのくらい泣いただろう。
泣いて泣いて疲れはてて、そのまま玄関に体を横たえていた俺。
……そうだ。
ふと思いたって自分の部屋に駆けこみ、机の引き出しの中を引っかきまわした。

あのとき……泣いている俺に、遥輝くんから手渡されたもうひとつのもの。

そのままポケットにしまい、家に帰って机の上に置いて……それからなんとなく引き出しにしまった覚えがあったからだ。

それはすぐに見つかった。

「これだ……」

握りしめると、最後に触れた遥輝くんの手の温もりがよみがえってくるようだった。

「遥輝くん……会いてえよ……」

俺は遥輝くんの名前を呼んだ。

それを握りしめながら、もう一度だけでいいから会いたいと、強く思った。

たくさんの支え

「凛太朗が休み⁉」

大きな声を出した工藤くんの視線の先は、主《あるじ》のいない久我くんの席。

翌日、久我くんは学校を休んだ。

「美紗が復活したと思ったら、今度は凛太朗くんが休みなんて寂しいね。大丈夫かなぁ……」

伊織ちゃんは言葉の通り寂しそうに眉根を下げたけど、工藤くんはあまり心配してない様子。

「昨日ヘンなもんでも食ったんじゃねぇの？」

なんて言ってイジるから、ドキッとした。

昨日はうちでご飯を食べたから、その言葉には少し敏感になってしまうけど。

もっと別の理由だとあたしは確信していた。

青ざめてうちから飛び出していったことと、なにか関係があるって。

あたしが自分の部屋に行っていたたった数分で、久我くんの様子が一変した。

久我くんは、お兄ちゃんにお線香をあげてくれようとしていて……。

そうなるとやっぱり、お兄ちゃんと久我くんの関係を切り離すことがどうしてもできないんだ。

昨日は、眠りにつくまで一分置きくらいにスマホをチェックしていた。

けれど朝になっても、久我くんからはメッセージひとつこなかった。

学校を休んだことのない久我くんが欠席なんて、昨日のことと関連づけるのが自然。

よっぽど彼の中で、滅入《めい》る出来事だったんだろう。

それはお兄ちゃんに関係してる……？

久我くんが固まっていたのは、お兄ちゃんの遺影を見たから？

とすると、もしかして久我くんは……お兄ちゃんを知っていた？

あのハンカチは、久我くんからあたしが借りたものにまちがいない。

けれど、実際はお兄ちゃんのものだった。となると、久我くんがお兄ちゃんから受け取ったことになる。

そんなの想像もつかないけど、そうすればすべてのつじつまが合う。

でも、どこで知り合うの……？

もう、わからないことだらけだよ……。

「美紗、まだ本調子じゃないの？」

お昼休み。全然中身の減らないあたしのお弁当箱を見て、伊織ちゃんが心配そうに声をかけてくる。

「あ、えっと……まぁ……」

歯切れの悪い返事をしてしまう。

でも、大丈夫って言う余裕もなかった。

さっきからずっとうわの空で、解けない謎が頭の中をぐるぐる回って悶々《もんもん》とし続けている。お弁当なんて喉を通らない。

「……そっか、無理しないでね」

どこか寂しそうで消えいりそうな声にハッとして顔を上げると、伊織ちゃんはお弁当箱に視線を向けたまま、小さい口でおかずをモグモグ噛んでいた。

……あたし、感じ悪かったかな。

伊織ちゃんは、心配してくれていたのに。

優しい伊織ちゃんに、こうやってごまかすのが心苦しいよ。

伊織ちゃんには、あたしの全部を知ってもらいたい。

こんなあたしに声をかけてくれた、優しくて大好きな友達だもん。

そう。伊織ちゃんは、あたしの大切な友達だから。

「……伊織ちゃん」

「ん？　なに？」

声をかけると、すぐに伊織ちゃんは顔を上げてあたしの言葉に耳を傾けてくれた。

その優しさに、ほっとする。

「今日の放課後……時間ある？」


放課後あたしたちがやってきたのは、駅前のカフェ。

教室でもよかったけど、内容は決して軽いものじゃないから、静かなところがいいかなと思ったんだ。

店内には適度に人がいる。桜園の生徒もちらほら。

あたしはアイスココア、伊織ちゃんはカフェラテを頼んでふたりがけの席に向かいあった。

「伊織ちゃんに話したいことがあるの。聞いて……くれる？」

少し不安に駆られながら切り出したあたしに、伊織ちゃんは口もとに笑みを浮かべて大きくうなずいた。

「もちろんだよ。なにかに困ったり悩んだりしたら、いつだって相談にのるよ。あたしは美紗の親友だもん」

「伊織ちゃん……」

それだけで、もう泣きそうになる。

「美紗とはたぶん……ううん、絶対一生親友でいられる自信ある。それくらい美紗が大好きだから。美紗が……迷惑じゃなければ」

最後は自信がなさそうに語尾《ごび》を弱める伊織ちゃん。

「あたしもだよっ……！　伊織ちゃんとは、ずっとずっと親友でいたいもんっ！」

その気持ちはあたしの方が大きいって断言できる。

あたしの方が絶対に伊織ちゃんを好きだよ。

あまりに勢いがよすぎたのか、伊織ちゃんはプッとふき出した。

「ふふっ、ありがとっ」

声も大きかったみたいで、周りからじろじろ見られちゃって恥ずかしい。

肩をすくめて舌を出した。

「あたしの方こそありがとう」

お互いの強い信頼を確認しあったところで、あたしは話を切り出した。

「あのね……」

お兄ちゃんはもう亡くなっていること。

だから蒼くんがあたしを気にかけてくれていること。

受験の日のこと。学ランの学校を探していた理由。

久我くんの態度の変化。ハンカチの謎……。

間を開けると気持ちが保てなくなりそうだったから一気に話し終えて、少しの沈黙のあと。

「美紗……」

鼻を真っ赤にして、鼻声であたしを呼ぶ伊織ちゃんの目からは大粒の涙がぼろぼろ零れていた。

……予想はしてた。

お兄ちゃんの話は、相手を悲しい気持ちにさせてしまうことは避けられないから。

「ごめんね、重い話して。でも、伊織ちゃんには知っててもらいたかった」

伊織ちゃんは首を大きく横に振る。

「ううん、話してくれてありがとう」

聞いてくれる、相談できる友達がいるって、なんてすばらしいんだろう。

だってそれだけで、気持ちがすごく楽になったんだから。

「つらい経験してたんだね……。あたしっ……なにも知らなくて……っ」

中学のときのように腫れ物に触られてるなんて思わない。

そう思ってくれることであたしの傷が癒されるのは、伊織ちゃんだから。

「やだ伊織ちゃん、あたしならもう大丈夫だよ。だって、伊織ちゃんみたいに信頼できる友達がいるから」

「わーん……うれしすぎるよぉ……」

目を真っ赤にしながら顔をほころばせる伊織ちゃんを見て、あたしまで笑顔になる。

今のあたしには、支えてくれる人がいっぱいいる。だから、強くなれたの。

伊織ちゃんは気持ちを落ち着けるようにカフェラテをひと口飲んだあと、神妙な顔つきになる。

「凜太朗くんのことは、すごく気になるね」

「……でしょ?」

「もし、お兄さんと凜太朗くんが知り合いだったら、すごい偶然だよね」

「うん……」

「こんなことってあるんだ……」

それを肯定したような言い方に、胸の中が波打つ。

ハンカチという証拠があるんだし、その可能性から目を背けることはできないよね。

「やっぱり、凜太朗くんはお兄さんのこと、知ってたんじゃないかな」

「そう……思う?」

「うん、だからお兄さんの写真を美紗の家で見て、びっくりしたんだと思う。お兄さんのハンカチを凜太朗くんが持っていたのが、一番の証拠だよ」

今いっぺんにたくさんのことを聞かされた伊織ちゃんだって、頭の中が混乱してるだろうに、真剣に考えてくれている。それだけで、もう胸がいっぱい。

……ひとりで悩んでいないでよかった。

「あ……」

そのとき、ふと思い出した。

久我くんのおばあさんの入院先が、お兄ちゃんと同じ病院だったこと。

「どうしたの？」

「あのね、お兄ちゃんの入院してた病院に、久我くんのおばあさんも入院してるの」

言っていいかわからないけれど、詳《くわ》しいことを言わなければ大丈夫だと思った。

「えっ、そうなの？　じゃあ……ますます接点が見えてくるね」

「うん」

おばあさんがいつから入院しているかわからないけど、お見舞いに来ていた久我くんと、お兄ちゃんが出会うことも考えられる。

そんなこと、今まで頭のどこにもかすりもしなかったよ……。

ますます核心《かくしん》に近づいた気がして眉をひそめていると、伊織ちゃんが思わぬ疑問を投げてきた。

「美紗、凜太朗くんのことどう思ってるの？」

「えっ」

「前からあたしは凜太朗くんのこと勧めちゃってたけど、実際、美紗の気持ちはどうなのかなって。好き？」

ストレートに聞かれて、ちょっと動揺したけど……。

あたしの心はもう決まってる。

「久我くんは、優しくて、心が広くて、いろんな場面で助けもらって……。あたしも心を許せて……だから、あたし……」

「うん」

「……久我くんが……好き」

「そっか」

ニコッと笑う伊織ちゃん。

口にしたら、久我くんへの想いがもっと膨らんだ気がした。

四月に久我くんに出会ってから……ううん、受験のときにくれた優しさまでさかのぼれば、久我くんに惹《ひ》かれるのは時間の問題だったかもしれない。

たとえ、蒼くんに彼女がいなかったとしても。

「美紗のお兄ちゃんと凜太朗くんが知り合いだったなら、美紗と凜太朗くんは、きっと、強い引力で引きよせられたんだよ」

伊織ちゃんが言ってくれた神秘的な言葉に、心が震える。

ほんとにそんなものがあるなら、久我くんとあたしの関係は、今後どうなっていくんだろう。

期待してしまう反面、不安も大きい。

……ねぇ。久我くんは今、なにを思っているの……？


翌日、久我くんは登校してきた。

いつもなら『おはよ』ってあいさつしてくれるのに、それがない。

ずっと久我くんを目で追っていても、まったく視線が合わない。

明らかに避けられていると感じるその態度に、胸の奥がズキズキと痛んだ。

こんな態度を取られるとは思ってもいなくて、動揺が隠せない。

「凜太朗、昨日どうしたんだよ！　てか、来てたのに朝練出ないってどういうこと⁉」

すこし遅れて教室に入ってきた工藤くんが、久我くんを見つけてすっ飛んでくる。

久我くんは朝練にも出なかったようだ。

あれだけストイックにバスケに取り組んでいたのに……。

「んー」

あいまいに返事をして、席に座ったままカバンの中身を机に入れる久我くんは、明らかにいつもと様子がちがう。体調が悪そうとか、そういうのとはまたちがって、〝心ここにあらず〟という言葉がぴったりだった。

それからというもの、明らかにあたしは毎日避けられていた。

話しかけにくい雰囲気をかもし出しているし、休み時間には、あたしから逃げるように廊下へ出ていってしまう。もちろん、目も合わせてくれない。

ダメージはかなり大きかった。

気づいたときから、久我くんはいつもあたしの隣にいた。

当たり前のようにあった久我くんとの関わりがプツリとなくなり、心にポッカリと大きな穴が空いてしまったかのようだった。

そんなことが続いたある日。

「伊織ちゃん、苦しいよ」

伊織ちゃんに胸の内を吐き出した。もう、我慢の限界だったんだ。

「うん、わかるよ。その気持ち……」

伊織ちゃんは、あたしの頭をそっとなでてくれた。

中学時代は、同級生から無視されても、ひとりぼっちでも、我慢できた。

なのに、たったひとりの男の子から避けられている今が、こんなにも苦しいなんて。

あたしはいつからこんなに欲張りになったのかな。

久我くんが隣にいることが当たり前になりすぎて、知らないうちに、久我くんがあたしにとってものすごく大切な人になっていたんだ……。

「思いきって凛太朗くんに聞いてみたらどうかな？」

「えっ……」

「凛太朗くんだって、美紗とどう接していいかわからなくて、悩んでるんじゃない？」

……それは、わからなくもないけど。

「ほんとのこと、知るのが怖いよ……」

お兄ちゃんと久我くんの間に、あたしの知らない〝なにか〟がある。

それを知らずに、あたしと久我くんは友達になった。

〝なにか〟を知って、関係が変わってしまうのが怖いんだ。

「美紗がそう思う気持ちもわかるけど、凛太朗くんと美紗、このままずっとすれちがっちゃうかもしれないよ？　それでもいいの？」

「………」

「知ることを怖がるよりも、知らないですれちがう方が怖い。あたしはそう思う」

「伊織ちゃん……」

真剣な口調とまなざしに、心が動いた。

弱っていた心に、水を与えてもらったかのように力強さを取りもどしていく。

「そうだね。このままじゃダメだよね」

あたしだってほんとは知りたいんだ。

お兄ちゃんと久我くんが知り合いだったのなら、どうやって出会い、なにを話したのか。知りたいこと、いっぱいあるの。

「久我くんと話してみる」

弱い自分からはもう卒業。今のあたしには、味方がいてくれるんだから。

「よしっ、その意気！　もしそれでも苦しかったら、あたしがいっぱいなぐさめるから！」

「伊織ちゃん、ありがとう。大好き」

「あたしも美紗が大好きだよ～」

教室の中で抱きあうあたしと伊織ちゃんを見て、工藤くんが「俺も混ざりてー」なんて騒いでいたのは聞かなかったふりをした。

五時間目は移動教室のため、伊織ちゃんと一緒に廊下を歩いていた。その途中。

「あ、蒼くん……」

移動教室の戻りなのか、正面から流れてくる人並みの中に蒼くんの姿を見つけて。

ついこの間までのクセで、反射的に身を隠してしまいそうになった。

でももう、自分の気持ちはちゃんと整理できた。

これからは、蒼くんに甘えるんじゃなくて、ひとりの友達として仲よくしていきたい。ずっと。

「美紗?」

目線の先にいる蒼くんの姿を確認した伊織ちゃん。

そのまま蒼くんを目で追っていると、すれちがう瞬間あたしに気づいていつものように声をかけてくれた。

「伊織ちゃんごめん、先に行っててくれる?」

ニコッと笑うと、先を歩いていった。

「うん」

「次、化学?」

「うん」

「寝るなよ? 実験中は気を抜くと危ないからな」

あたしが胸もとに抱えた教科書を指しながら。

「寝ないってば」

「だよな。俺じゃねぇもんな」

「蒼くん寝てるの？」

「ちょっとだけ」

こんな風に、他愛もない会話を自然にできていることが、驚きでもありうれしくもあった。

きっと、付き合いの長さがそうさせてくれるんだ。

「そういえばさ」

その振りと同時に蒼くんの顔が少し曇り、なにを言われるのかと身がまえる。

「凜太朗、最近少し様子がおかしいんだ。教室ではどう？」

「えっ……」

まさかの問いかけに、顔が固まった。

蒼くんまで、久我くんの異変を感じているなんて。

「ど、どうかな。最近……しゃべってなくて」

ということは、部活中もあんな感じなんだ……。

彼がいきいきできるはずの時間にまで影響を及《およ》ぼしているなんて、胸が痛む。

「そっか……。どうも最近自分を追いこみすぎてるようなとこがあって。一心不乱にボール追ってるっつうか。かと思えばぼんやりしていたり。あんなプレー続けてるとケガしかねない」

「えっ、ケガ⁉」

際どい発言にひやっとする。

「凜太朗は今後の桜園バスケ部をしょってく選手だから、あんまり無理させたくないんだよ」

後輩を純粋に心配する蒼くんは、とても優しい先輩。

……だから、言いにくかった。

今の久我くんの状態に、あたしやお兄ちゃんが絡んでいる可能性があること。

「下手に俺が言うより、美紗に声かけてもらえたら肩の力も抜けるかなって」

……えっ？

「美紗が優しくしてあげたらきっと喜ぶと思うし」

「っ、なんで……？」

そんなわけないし。っていうか、あたし避けられてるんだから。

「なんでって……」

当然なんだけどそれ聞く？みたいに言う蒼くん。

「まぁ……それは俺が言うことじゃないしな」

意味深に言葉を濁すから、さらにわからない。

「とにかく俺も注意して見ておくし、美紗もなにか気づいたら教えてくれる？」

「うん、わかった」

とはいえ、お兄ちゃんと久我くんが知り合いだったのかも、なんてことは言えず、罪悪感がつのる。

すると、視線の先に同じように移動教室から戻ってくる陽菜ちゃんが見えた。

向こうもあたしと蒼くんに気づいて、「あっ……」って顔して気まずそうに足を止める。

「陽菜ちゃん！」

けれど声をかけて手を振ると、ほっとしたようにこちらに近づいてきた。

そんな陽菜ちゃんの元へあたしの方からも歩みより、近づいたところで腕を引っぱり耳もとでコソッとささやく。

「蒼くんと幸せにねっ」

その瞬間、陽菜ちゃんの顔が赤みを帯びて、瞳がゆらゆらと揺れた。

あたしの気持ちは、きっと蒼くんから伝わっているはず。

お兄ちゃんの想いとともに、あたしもふたりの幸せを願いたいんだ。

これはあたしの自己満足かもしれないけど、ふたりが幸せでいてくれることは、そこにお兄ちゃんの生きた証《あかし》もあるということだから。

後ろめたい気持ちなんか持たずに、堂々と蒼くんを愛してほしい。

「美紗ちゃん、ありがとう」

目に光るものを残しながらにっこり笑う陽菜ちゃん。

……ああ。陽菜ちゃんて、ほんとにかわいい。あらためて大好きだなって思う。

「美紗ちゃん、ハルくんに似てきたね」

思わぬ言葉に目を見張った。

陽菜ちゃんは、お兄ちゃんのことを『ハルくん』と呼んでいた。

その呼び名に懐かしさを覚えながらも、今の言葉はスルーできない。

だって、あたしがお兄ちゃんに似てきたなんて。

「え、あたし、これでも女子だけど……」

年子ということもあり、小さいころは背丈もほぼ一緒だったから『あら〜双子《ふたご》ちゃん？』なんて知らない人からも言われていた。

でも高校生になって、今さら似てきたって言われても……。

「ふふっ、もちろんわかってるよ。そういうことじゃなくて、うーん……雰囲気っていうか、美紗ちゃんの空気がハルくんを思い起こさせるの」

優しく笑うその瞳に、胸がトクンと鳴った。

「さすが、ハルくんの妹だなって」

「……ほんとに？」

お兄ちゃんはいつだってあたしの憧れで、自慢で、少しでも近づきたかった。

そんなお兄ちゃんが、あたしの中に見えることがすごくうれしかった。

「だな」

声の方に視線を動かすと、そこには陽菜ちゃんに同意するようにうなずく蒼くん。

……蒼くんまで。

やだ。ふたりにそんなふうに言ってもらえて、涙が出そう。

こうやって並んで見るふたりは、とてもお似合いだった。

陽菜ちゃんがキラキラして見えるのは、蒼くんと素敵な恋愛をしているからだね。

あたしが蒼くんを好きだったこと、知ってるかわからないけど。

陽菜ちゃんに安心してもらいたかったし、聞いてほしかったんだ。

「あたしね、好きな人いるの」

また耳もとで、コソッと打ち明ける。

「ええっ、そうなの？　どんな人？　クラスの人？　向こうはどう思ってるっぽい？

脈アリそう？　告白しないの？」

「あ、あの……」

「その話、ちょっと詳しく……！」

さすが陽菜ちゃんも女の子。

恋バナの食いつきが予想以上で、目の輝きまで変わってあたしは苦笑い。

「つうか美紗、化学室行かなくて大丈夫なのか？」

蒼くんに言われてハッとする。

「わわっ、まずいっ！」

頭上ではちょうど本鈴が鳴り響いている。

のんびり話してる時間ないんだった！

「ごめんね陽菜ちゃん！　この続きはまた今度」

「え〜〜っ！」

不完全燃焼な表情の陽菜ちゃんに手を振って、あたしはふたりの元から駆け出した。

お兄ちゃん。お兄ちゃんは、最高に素敵な友達を持ってるね。

ありがとう。お兄ちゃんのおかげで、蒼くんと陽菜ちゃんっていう、かけがえのない人に出会えたよ……。

ずっとずっと、この縁を大切にしていくからね。

きみと一緒なら

翌日。

夕方四時半を過ぎると、帰宅部の生徒は家路へ、部活動をしている生徒はそれぞれの活動場所へと移動し始め、校舎内は静けさをただよわせ始めた。

それを見計らって、あたしはひとりで昇降口へ向かう。

あたりに誰もいないのを確認して、久我くんの靴箱にメモを忍ばせた。

《部活が終わったら、屋上へ来てください》

そう記して。

伊織ちゃんに励まされ、蒼くんと陽菜ちゃんの笑顔に背中を押されて、久我くんと向きあう勇気が持てたんだ。

きちんと久我くんと話をするには、ある程度の時間と静かな場所が必要。

休み時間にサッと話せる内容でもない。

いろいろ考えた結果、以前久我くんが連れていってくれた屋上が思いついたんだ。

来てくれる保証もないけど、久我くんはきっと来てくれる。

ただそれだけを信じて、あたしはそのまま屋上へ向かった。

いつか見たここからの景色とは少しちがって見える。あのときは日が高くて明るかった。今の空は少しもの悲しく、哀愁《あいしゅう》がただよっていた。

まだ日は出ているけれど、それでももうすぐ一日が終わりを告げる。

きっとお兄ちゃんも、この景色を反対側から何日も何日も見てきたんだろう。

時刻は五時。久我くんが部活を終えるまであと一時間半。

長いようで、あっという間なはず。

今は緊張から来るドキドキで落ち着かない。

口から心臓が飛び出そう。

なにからしゃべろうか頭を整理しようとしても、気が散漫になって集中して考えられない。

落ち着け落ち着け……と言い聞かせながら、見下ろした先にいる人たちを目で追っていると。

——キィィィ……。

鉄の扉が開いた音がして、心臓が跳ねた。

えっ、もう部活終わりの時間？

いくらなんでも、そんなに時間の感覚狂ってないよね?

とっさにスマホで時間を確認すると、やっぱりまだ六時にもなってない。

あまりにも早すぎる。久我くんなわけない。

ほっとしたのもつかの間。

じゃあ誰?　もしかして見回りの先生?

やばい。注意されるかも……と思い始めて身を縮める。

背後からは足音が近づいてくるけど、もう少しの距離というところでそれが止まった。

「…………」

背中になんとも言えない視線を感じる。

確実に誰かそこにいるのに、なにも言葉を発しない。

先生なら、歩みよってくる途中で声をかけるだろう。

じゃあ、まさか、久我くん……?

恐る恐る振り返った。

「あ……」

そこにはほんとに久我くんが立っていたものだから、あたしは驚きで口を開けたまま固まった。

なんでこんなに早く……。

「……これ、入ってたから」

あたしが入れたメモを掲げる久我くんのシャツにはシワが寄っているから、今着替えてきたばかりなんだろう。

相変わらずクセのない髪の毛は、サラサラとさわやかになびいていた。

「えと、まだ、部活中じゃ」

ちゃんと手紙を見てもらえたんだとか、来てくれてよかったとか、安心する余裕もない。自分で呼び出したのに、どうしてここにいるのか理解できないくらいに。

「あぁ……早退したから」

……早退。

言いそうもないセリフをさらっと言ってのけるけど、久我くんが、好きこのんで早退なんてするわけないのをあたしは知っている。

部活でも、いつもと様子がちがうと見られていた久我くんは、いよいよ早退までするほどの異常事態に陥《おちい》っているんだ。

そんな中でもここへ来てくれたからには、あたしと話す意思があるはず。

それを勇気にして、あたしはカバンの中から〝あれ〟を取り出した。

言葉よりも一番伝わると思ったから。

あの、ハンカチ。

「受験のときは……どうもありがとう」

これが誰のものであろうと、あたしは久我くんから借りたから。

ゆっくり前に差し出すけれど、彼はポツリと放った。

「……受け取れないよ」

ハンカチに目線を落としながら。

どうして？とあたしが問うより早く出た答えが、真実へと導く。

「それは……俺のじゃないから」

「……っ」

予感が確信へと変わる。

「その持ち主は──」

「お兄ちゃん、でしょ……？」

あたしがさえぎって言うと、久我くんが大きく目を見開いた。

言葉よりもわかりやすい、なによりの答えだった。

……ああ。

やっぱりこれは、お兄ちゃんのものでまちがいないんだ。

「どうして、それ……」

久我くんは本気で驚いていた。

それは、久しく見ていなかった彼の〝生きている表情〟だった。

あたしが気づいていること、久我くんは知らなかったんだろう。

「ここに書いてある。お兄ちゃんのものだって」

お母さんがそうしたように、タグに書かれたイニシャルを見せると。

「……っ」

久我くんは大きく息をのんだ。

そんな彼に対して、驚くほど自分の声は落ち着いていた。

梅雨明け間近の空。

少し湿気を含んだ生ぬるい風が、向かいあったあたしたちの髪を優しくなでていく。

まるで、ここだけ時間がゆっくりと流れているようだった。

「知りたいの。久我くんがこれをどこで手にしたのか」

そう言った瞬間、久我くんは顔をゆがめて肩を震わせ、口もとを手で覆った。

今まで抑《おさ》えていた感情が一気にあふれ出たかのように。

「……ごめっ……」

顔をそむけ、そのまま天を仰ぐ。

涙をこらえるような仕草に、あたしの心は大きく揺さぶられた。

この数日間、久我くんの中でどんな感情が育っていたんだろう。なにを考えていたんだろう……と。

ゆっくりでいいよ。ゆっくりでいい。

心の中でそう唱えながら、久我くんが話してくれるまでじっと待つ。

やがて何度か深く呼吸を繰り返し、落ち着きを取りもどしたのか、あたしの目をまっすぐ見て言った。

「遥輝くんは、俺の友達なんだ」

久我くんの口から告げられた『遥輝くん』という名前に、泣きそうになった。

お兄ちゃんと久我くんが、友達だった……。

ある程度想像できたようでやっぱり想像しがたいその関係は、いったいどこで結ばれたものなんだろう。

知りたい気持ちが胸を急《せ》かす。

「お兄ちゃんとは、どこで――」

「俺、遥輝くんが亡くなってること知らなくて……美紗の家で……写真を見て……頭が真っ白になった」

それよりも久我くんが先を急いで告げたのは、もっと驚くべきこと。

「えっ」

お兄ちゃんの死を、知らなかった……？

だとすると、あの日あたしの家でそれを知ることになった久我くんの動揺や衝撃は、〝遥輝くん〟があたしの兄だったという事実以上のものだったにちがいない。

「そう……だったんだ。あたしもちょうどその日だったの。このハンカチが、お兄ちゃんのものだと知ったのは」

言葉にじっと耳を傾けるように、あたしの目を真剣に見つめる久我くん。

「だから、もしかして久我くんとお兄ちゃんがどこかで出会ってたのかもって思い始めて」

やがて彼はその目を細め、顔をゆがめた。

「でも、あれ以来久我くんの様子がおかしかったから、ずっと聞けないままだった。でも、このままじゃダメだと思って」

「……ああ、俺も。ほんとは美紗に聞きたくてたまらなかったから。……ありがとう」

途切れ途切れにつないだつたない言葉でも、あたしがメモを入れた想いを汲みとってくれた。

同じタイミングで衝撃の事実にぶつかり、同じように悩んでいたあたしたち。

もうなにも迷うことはない。

久我くんもそう思ったのか、話してくれた。

「遥輝くんとは、俺が中一のころから病院でたまに顔を合わせていたんだ」

「そんなに前から?」

あたしが目を見開くと、久我くんは大きくうなずいた。

「ああ。ばあちゃんが入院してるタイミングで会ってたから、回数はそんなに多くないけど、俺が中三の秋ごろまで続いてた……」

まったく知らなかった。お兄ちゃんに、そんな時間があったこと。

「……半年くらい前に亡くなったって言ってたよな」

「うん。十二月に……」

「てことは、俺と最後に会って、二カ月後には……っ」

声を詰まらせながら、一生懸命紡ぐ。

「俺ずっと病院で、遥輝くんに会いたくて待ってた。でも、いつまでたっても会えなくて……ほんとに……亡くなってたなんてっ……」

言い終えて、握りつぶすように髪をグシャっとつかんだ。

感情すべてをそこへぶつけるかのように。

ゆがめ、開いたままの口からは、おえつこそ漏れてないけれど、悔しさをにじませた声が聞こえてくるようだった。

この数日、久我くんはお兄ちゃんの死を受けいれられなくて、ひとり葛藤《かっとう》を続けていたんだ。

「会えなくなったけど、絶対生きてるって信じていたかった。それが俺の中での事実だった。だから……美紗の家で遺影を見てがくぜんとして」

あたしに寄りそってくれているその裏で、いつも〝遥輝くん〟という存在が久我くんの頭の中にあったのかもしれない。

あたしの思いに自分の思いを重ねて……だからあんなにも、あたしの痛みをわかろうとしてくれたんだ。

「美紗の顔見るのも……つらかった。ごめん」

謝りながら、悲しそうに笑う久我くん。

あたしは思いっきり首を横に振る。

そう思うのは当然。あたしでさえ、まだ完全に受けいれられてないんだから。

「俺、遥輝くんが大好きだった。思いやりとか優しさとか、全部遥輝くんに教わった気がする。受験のとき美紗に声をかけたのは、そんな遥輝くんの精神が俺にも宿っていたからかもしれない」

そこで一度目をつむり、大きく息を吐く。

「ことあるごとに思うんだ。こんなとき、遥輝くんならこうするだろうとか、こう言葉をかけるだろうとか。だから、今の俺を作ってくれたのは、遥輝くんなんだ」

力強いその言葉は、あたしの涙腺を崩壊《ほうかい》させた。

だって、お兄ちゃんのことをそんなふうに思っていてくれたなんて。

「遥輝くん、最後に言ってた。俺といるときは病気のこと忘れられたって。俺といることでそれを一瞬でも忘れてくれたなら、俺、少しでも遥輝くんの役に立てたかな」

あたしは力強くうなずいた。

絶対そうだよ。

あたしから見たお兄ちゃんは強かったし、病気と真正面から闘っていた。

それでも、病気から逃げたい気持ちはどこかにあったはず。

あたしの前で弱音ひとつ吐かなかったお兄ちゃんだけど、ほんとはどれだけ怖くてつらかったんだろう。

「ありがとう、ほんとにっ……ありがとう……」

そんなお兄ちゃんの心の支えになってくれて。

家族でも知りえなかった、お兄ちゃんの大切な時間をともにしてくれて。

「ううっ……うっ……」

涙が止まらない。

「泣かないで、美紗」

切なく落ちる声。

泣かないなんて無理だよ。

自分の意思じゃどうすることもできなくて、ひたすらに涙を流す。

「そうだ美紗、手、出して」

おもむろに言う久我くん。

手？　なんで……？

「いいから」

その意味を視線で求めるあたしに、自分のポケットからなにかを取り出す。

恐る恐る手を差し出すと、あたしの手の中にそれをポトンと優しく落とした。

とても軽くて、久我くんの手が離れて見えたもの。

「えっ……」

一瞬、時が止まったように目を見張り、また新たな涙があふれてきた。

「これは……」

小さいころからなじみのある、大好きな桃のキャンディー。

いつもこれをあたしにくれていたのは……。

はっ、として久我くんを見つめる。

「おかしいな、それをあげると一発で泣きやむって遥輝くん言ってたのに」

困ったように笑う久我くんの目にも、涙が浮かんでいた。

「どうして、これ……」

「遥輝くんがくれたんだ。ハンカチと一緒に」

お兄ちゃんが、久我くんに？

中はかなり溶けているようで、包みとくっついている。

それは時の流れを表していた。

「あのとき『もうダメみたいだ』なんて言われて、俺……」

その先を久我くんは濁したけど、わかった。涙したんだと。

そして、お兄ちゃんは久我くんにハンカチとキャンディーを渡したんだ……。

「妹に、これをやると泣きやむからって、俺にくれたんだ」

あたしにも、そうしてくれていた。

小さいころから、あたしが泣いているとこのキャンディーを手に握らせてくれたんだ。そうすると、まるで魔法にかけられたかのようにピタッと泣きやんでいたの。

「ううっ……」

さらに涙が止まらなくなったあたしを、久我くんは優しく抱きしめてくれた。

「もしかしたら、俺は託されたのかもしれないな」

あたしと久我くんが出会う保証なんてないのに。

そんなこと、お兄ちゃんにはわかるわけないのに。

不思議と、そうなのかもしれないなんて思ってしまう。

「今こうして、美紗に渡せてよかった」

ご褒美《ほうび》をもらったみたいだよ。

お兄ちゃんからのキャンディーを、再び手にできるなんて。

時を隔てて今、久我くんから、あたしへ。

引力でもなんでも信じられる気がした。

今、ここにお兄ちゃんのキャンディーが、あたしの手の中にあるという現実に。

「美紗のことは、俺が守る」

久我くんの胸の中。今までで一番優しい声が耳に届いた。

「俺と……」

ドクンドクン……と、自分の鼓動が大きく響く。

「付き合ってほしい」

直後聞こえたのは、思いもよらない言葉で息が止まりそうになった。

「好きなんだ。美紗のことが」

「……え」

反射的に体を離して久我くんの瞳を見上げる。

「美紗が好き」

頬に流れた涙を親指でぬぐってくれながら、もう一度。

久我くんが、あたしを……？　突然の告白に頭が真っ白になる。

好きなのは、あたしの方で……。

なのに、なんであたしが告白されてるの？

これは夢？　全部、夢なの？

「美紗のお兄さんが遥輝くんだなんて夢にも思ってなかったけど、今ならわかる気がする。だって俺、美紗に惹かれるのに時間なんてかからなかったから」

それって。

陽菜ちゃんが言ってくれたみたいに、あたしの中にお兄ちゃんが見える……そういうことなのかな。

涙は止まらないけど、じわりじわりと久我くんの言葉がリアルに感じられてきてうれしさがこみあげる。

「美紗の表情とか仕草にすっげードキドキして、どうしようかと思った。優しいところ、雰囲気やしゃべり方……美紗の全部が好きだよ」

ああ、もう。

うれしすぎて、どうにかなってしまいそう。

抑えきれなくて、泣きながら、秘めていた想いを口にのせた。

「あたしもっ……久我くんが……好きっ」

「えっ……マジで？」

今度は久我くんが面食らう番。少し赤らんだ顔が真顔になる。

当然だよね。まだ蒼くんのことを好きだと思っていただろうから。

「久我くんは、いつだってあたしの隣にいてくれて……っ。つらいときも支えてくれて。久我くんがいたから、あたし、笑顔になれたの……っ」

だから、ありったけのあたしの今の想いを伝えた。

すっごいドキドキした。ほんとの告白が、こんなにも緊張するなんて。

涙はどんどんあふれてくる。

もう、なんの涙かわからなくなってきちゃった。

うれし涙なのかな……。うん、たぶんそう。

大きく息を吸いこんで、久我くんをまっすぐ見つめた。

「あたしと……付き合ってくださいっ……」

驚いて丸くなっている彼の目が、とても愛おしく見えた。

普段人前ではクールなのに、あたしにはいろんな表情を見せてくれる。

いろんな久我くんを知っているのは、自分だけでいたいな。

そう思った瞬間。

「とりあえずもう、抱きしめさせて……」

再び抱きしめられた。

その勢い、強さ、温もりに、これは夢じゃないんだと、幸福感があふれ出てくる。

あたしと同じように速い鼓動をもうひとつ感じながら、優しい声が耳に届く。

「あのハンカチを美紗に渡したのって、偶然じゃなくて、必然だったのかもな」

まるで運命の始まりだったかのように。

「うん……ハンカチで涙を拭いたとき、なんだか懐かしい感じがしたの。……嘘じゃないよ……っ」

きっと、お兄ちゃんのハンカチだったからだ。

あのときから、こうなることは決まっていたのかな。

だとしたら、これもお兄ちゃんがつないでくれた縁なのかもしれない。

「ああ、信じる。こういうの、運命っていうんだろうな」

抱きしめてくれる手に、力が入る。

運命。同じ価値観を持ってくれることに感動を覚えて、あたしもそっと彼の背中に手をまわした。

このまま時が止まっちゃえばいいのに……心の底からそんなふうに思える幸せな時

間。

「……っく」

それでも涙は止まらない。すべての感情が、涙になってあふれちゃうの。

泣き虫なのは、そんなに簡単に治らないや……。

「美紗」

すると名前を呼ばれ、ゆっくり体を離されて、彼を見上げれば。

久我くんの顔が近づいてきて……あたしの唇に、彼の唇が重なった。

優しく、温かく触れたそれに目を見開く。

えっ……。こ、これって……。

今、キスされてる……？

びっくりして涙も止まり、目をぱちぱちさせる。

「止まった」

我に返ると、目の前でいたずらっぽく笑う久我くん。

……涙を止めるためにキスを？

「これは、遥輝くんも知らない……ふたりだけの秘密だな」

久我くんは、少し照れたように笑った。

夏休み初日。

「きゃあ～すご～い！　また決めたよ――っ！」

伊織ちゃんがあたしの手を握り、ぴょんぴょん飛びはねる。

凜太朗くんと付き合い始めてから、二週間くらいが経った。

名前で呼んでほしいと言われて、ついにあたしも凜太朗くんと呼ぶようになった。

まだ慣れなくて、ぎこちないんだけど。

今までだって同じ教室に凜太朗くんがいたのに、彼氏になった途端、なんだか今までとちがう緊張感があってうまくおしゃべりできないのが今の悩み。

それを伊織ちゃんに相談したら、練習試合の応援に行こうと提案されたのだ。

そのあとデートでもしたら急接近だよ！なんて言われ、それはそれで緊張しちゃうんだけど……。

この試合は一年生がメインらしく、凜太朗くんや工藤くんはスタメンで大活躍。

相手の選手の応援に来ていた女の子たちも、桜園がポイントを決めるたびに手を叩いていて、どっちの応援をしているのかわからなくなるほど。

ほかの部活に来ていた生徒たちも、騒ぎを聞きつけて体育館に詰めかけ、公式戦かのような大盛りあがりを見せていた。

「今日凜太朗くん何点いれた？　ほんっと大活躍だよね！」

伊織ちゃんがはしゃぐその横で、あたしはもうドキドキと興奮が止まらない。

こんな高揚感、生まれて初めて。

「凜太朗くんって、こんなにすごかったんだ……」

初めて見る試合に、あたしはさっきから感動しっぱなし。

ドリブルしているときの目なんてすごく真剣で、何度ドキドキさせられたか。

流れる汗がこんなにもカッコいいなんて……まさに青春。

「美紗もぼやぼやしてられないね」

「へっ？」

「凜太朗くん、すっごい人気でちゃうかもよ？」

言われてみれば……。

こんなカッコいいところを披露《ひろう》して、ファンが増えないわけないよね。

「どうしようっ、伊織ちゃん！」

なんの取り柄《とえ》もないあたしが、こんな素敵な人の彼女で大丈夫かな。

かわいい子なんて周りをみればたくさんいる。

現実を見たような気がして、伊織ちゃんに泣きつく。

「ごめんごめんっ。凜太朗くんは一途《いちず》だからなにも心配ないよっ！　美紗ってばかわいい～」

一途、なんて……！

「そ、それを言ったら工藤くんの方が一途だよっ！」

恥ずかしくて話をすり替えてしまったけど。

そう。あたしと凜太朗くんが付き合ったと同時に、もうひとつすごく重大なニュースがあるんだ。

伊織ちゃんと工藤くんも付き合い始めたのだ。

カラオケに行かなかったあの雨の日。結局、伊織ちゃんと工藤くんはふたりでカラオケをすることになり、そのときに告白されたみたい。

工藤くんはずっと伊織ちゃんが好きだったけど、幼なじみって距離が邪魔をしてなかなか素直になれなかったらしい。

それまで、工藤くんを好きだなんて自覚したことのない伊織ちゃんだったけど、自分でもびっくりするくらい素直にその告白を受けいれたんだとか。

『なんでかわからないけどオッケーしてた』

なんて言ってたけど、あんなに何度もアプローチしてた郁人先輩の告白を悩みながらも断った伊織ちゃんが即答なんて。

心の奥底で、無意識に工藤くんに惹かれていた証拠だとあたしは思うんだ。

「……っ、とりあえず試合終わったから行こっ！」

伊織ちゃんも恥ずかしくなったのかこの話題は強制終了となり、そのままあたしたちは体育館をあとにした。


昇降口で待っていると、工藤くんが一番にやってきた。

そんなに伊織ちゃんに早く会いたいのか、走って登場したから思わず笑った。

「伊織、お待たせ！」

「あれ、ひとり？」

「凜太朗はもうすぐ来ると思うよ！」

「どうせなら一緒に来ればいいのに」

なんて伊織ちゃんに頬を膨らませて言われ、ちょっとしょんぼりしている工藤くんがかわいそうでかわいい。一生懸命急いで来たのにね？

「だって映画の時間があるだろー」

「それは……そうだけど」

ふたりはこのあと映画を見に行くみたい。

今大ヒット中で、伊織ちゃんがずっと見たいと言っていた、青春系ラブストーリー。

「凜太朗くん来るまで待ってようよ」

あたしをひとりにすることをためらう伊織ちゃんに、あたしは手を振って早く行くいった。


ように促す。

「すぐ来るから大丈夫だよ。ほら、早く行かないと映画間に合わなくなっちゃうよ」

するとと伊織ちゃんは「ごめんね」と言いながら、申し訳なさそうに昇降口を出ていった。

「美紗、お待たせ！」

そのあとすぐに凜太朗くんはやってきた。

工藤くんと同じように走ってきてくれて、今度は自分のために走ってくれたんだと思うとその姿に胸がキュンとする。

「凜太朗くん、お疲れ様！」

なんだかこういうの、カレカノっぽくてすごくいいな……。

「ありがとな、見に来てくれて」

さわやかに笑う彼は、今まで真剣なまなざしでコートを駆けまわっていた人と同一人物なのかと思うほど。

試合後でも乱れのないサラサラの髪はいつも通り。

「バスケって、見ててあんなに手に汗握るんだね！　すごい興奮しちゃった」

「美紗が見てるしすげえ気合入った」

「……うれしいな」

なんだか特別みたいでくすぐったい。

あたしは凜太朗くんの特別だって……思っていいんだよね？

隣に並ぶ彼をそっと見上げる。

そこには、あたしの歩幅に合わせて歩いてくれている、やっぱりあたしにはもったいないくらい素敵な男の子。

これは夢なんじゃないかと密かに頬をつねって感じた痛みに、ひとり「ふふふ」と笑った。

それから、ルールがほとんどわからないあたしにわかりやすくバスケのおもしろさを教えてくれた。

気づけば、緊張もせずいつものように話せていた。駅までの道のり、会話が途切れることもなく。

「ふっ」

「どうしたの？」

突然、凜太朗くんが笑いだすから何事かと思う。

「いや、遥輝くんとの会話思い出してさ」

「えっ、どんな？」

すごく知りたい。

隣に並ぶ背の高い彼の顔を見上げて、次の言葉を待った。

「遥輝くんから美紗のこといろいろ聞かされてたなーって。だから会ってみたいと思ってたんだよ」

「ほんとに?」

「よく考えたら、美紗そのまんまだし、なんでわからなかったんだろうな」

凜太朗くんは首をひねる。

「お兄ちゃん、あたしのことなんて?」

どんなふうに話してくれてたのかな。ドキドキする。

「えーっと、泣き虫で甘えん坊で怖がりで……」

「ああっ、やっぱりいいっ、やめてっ」

思わず耳をふさぐ。

わざわざ自分で聞かなくてもよかったよ。

「それから」

「ほんとにもういいよっ」

きっと、粗《あら》ばっかり出てくるはずだもん。

なのに凜太朗くんは続けた。

「かわいくて、誰よりも守ってやりたいって」

「……えっ」


お兄ちゃんが、そんなことを？

手を耳から離して、凛太朗くんを見上げる。

思えばケンカもしたことなかったし、あたしはいつもお兄ちゃんに守られていた。

人にまでそんな話をしていたなんて恥ずかしいけど、あらためてお兄ちゃんの深い愛情を知り、うれしくも切ない気持ちになる。

ゆるゆると、あふれる涙。

「同感……だな」

凛太朗くんは、深く納得するように言ってあたしに視線を落とした。

「凛太朗くん……」

〝同感〟なんて。

言葉にはしないその表現が、またグッとくる。

「これから先は、俺の役目だ」

細めた目から、優しさがあふれる。

「美紗のことは、俺が守る」

まるで誓《ちか》いのような言葉に、心が震えた。

うれしくて、うれしくて。

「ありがとう」

少し揺らいだままの瞳で見つめれば。

「……っ、そんな目で見上げんの反則だって」

顔を赤くしてパッと目をそらされた。

急に落ち着きをなくして髪をかきあげる凜太朗くん。

今まで見せていた余裕が一瞬で消え去る。

反則ってなんだろう？と思っていると、

「腹へった。メシ食いに行こう」

なんて口調と話題を変えるから、あたしまでおなかが空いてきた。

「うん、そうだね」

「そのあとどうする？　美紗、行きたいところある？」

今日は初めてのデート。

普通は伊織ちゃんたちみたいに映画を観に行ったり、カフェでまったりするのかもしれないけど。

「一緒に行ってほしいところがあるの」

心に決めていた場所があるんだ。

「どこ？」

「あのね……お兄ちゃんが、眠っているところ」

まだ行けていない、お兄ちゃんのお墓。

凜太朗くんと一緒なら行ける気がしたの。

あたしもやっと、一歩を踏み出す時が来たんだ。

「いい……かな？」

すこし不安で見上げたあたしに、凜太朗くんは優しく微笑んだ。

「もちろん。俺からも誘おうと思ってた」

そして、手を差し出してくる。

「行こう」

すべてを包みこむような、温かくて優しい手。

どこまでも引っぱっていってくれる、大きな手。

この温もりを絶対に離したくない。

ずっとずっと、隣にいてほしい。

守ってもらうだけじゃない。あたしも凜太朗くんを守るからね。

「ありがとう」

あたしはその手を、ぎゅっと握った。

《fin》

あとがき

このたびは、数ある書籍の中から『君が泣いたら、俺が守ってあげるから。』を手に取ってくださり、ありがとうございます。作者のゆいっとと申します。

野いちご文庫からは二冊目の書籍化となり、とてもうれしく思います。これもひとえに、いつも応援してくださる読者様あってのことだと感謝しています。


この作品は、前回書籍化していただいた『それはきっと、君に恋をする奇跡。』の関連作です。

お話を書くきっかけになったのは、前作の編集作業中でした。〝遥輝〟の優しさをさらに表現していく中で、遥輝には妹がいるんじゃないかという発想に至ったのです。面倒見がよく、泣き虫で甘えん坊の妹が可愛くて仕方ない……それが根底にあり、周りの人にも優しくできるお兄ちゃんになったのだろうと。そんなことを想像するうちに〝美紗〟が生まれ、今度は美紗のお話を書いてみたくなりました。

凜太朗は一見不愛想に見えますが、実は深い優しさを持っていて、末っ子気質の美紗を包みこむように守ってあげるにはぴったりなキャラクターになったのでは、と思っています。

このお話を読んで前作に興味を持たれた方は、そちらもぜひ読んでいただけるとうれしいです。

また、少し登場した看護師の〝五十嵐琴羽〟も私の別作品の主人公です。琴羽が看護師を目指し奮闘しながらも切ない恋をするお話で、いつか、立派な看護師としてお話に登場させたいと思っていたのがこの作品で叶いました。お話は、野いちごサイトの私の本棚にあります。（宣伝ばかりですみません）

最後になりましたが、いつもお世話になっております担当の本間さま、編集してくださった八角さま、スターツ出版の皆さま。前作に続き、素敵なカバーと口絵漫画で作品をより魅力的にしてくださったピスタさま。デザイナーさま。本当にありがとうございました。

そして、この本を今手に取ってくださっているあなたへ、最大級の感謝を申し上げます。美紗と凛太朗の物語が、皆様の心に残る作品になってくだされば幸せです。

二〇一八年十一月二十五日　ゆいっと

この物語はフィクションです。実在の人物、団体等とは一切関係がありません。

ゆいっと先生への
ファンレター宛先

〒104-0031　東京都中央区京橋1-3-1　八重洲口大栄ビル7F
スターツ出版（株）書籍編集部気付　ゆいっと先生

君が泣いたら、俺が守ってあげるから。

2018年11月25日　初版第1刷発行

著　者　ゆいっと　

発行人　松島滋
イラスト　ピスタ
デザイン　齋藤知恵子
DTP　朝日メディアインターナショナル株式会社
編　集　本間理央
編集協力　八角明香
発行所　スターツ出版株式会社
〒104-0031
東京都中央区京橋1-3-1 八重洲口大栄ビル7F
TEL 販売部03-6202-0386（ご注文等に関するお問い合わせ）
https://starts-pub.jp/

印刷所　共同印刷株式会社
Printed in Japan

乱丁・落丁などの不良品はお取り替えいたします。
上記販売部までお問い合わせください。

定価はカバーに記載されています。
ISBN 978-4-8137-0572-7　C0193

恋するキミのそばに。

野いちご文庫

感動のラストに大号泣

本当は、何もかも話してしまいたい。
でも、きみを失うのが怖い――。

おはよう、きみが好きです。

The message I want to tell you first when I wake up

涙鳴《るいな》・著

本体：610円＋税

イラスト：埜生

ISBN：978-4-8137-0324-2

高校生の泪は、“過眠症”のため、保健室登校をしている。1日のほとんどを寝て過ごしてしまうこともあり、友達を作ることができずにいた。しかし、ひょんなことからチャラ男で人気者の八雲と友達になる。最初は警戒していた泪だったが、八雲の優しさに触れ、惹かれていく。だけど、過去、病気のせいで傷ついた経験から、八雲に自分の秘密を打ち明けることができなくて……。ラスト、恋の奇跡に涙が溢れる――。

感動の声が、たくさん届いています！

何度も何度も
泣きそうになって、
すごく面白かったです！
(♡Haruka♡さん)

八雲の一途さに
キュンキュン来ました!!
私もこんなに
愛されたい…
(捺聖さん)

タイトルの
意味を知って、
涙が出てきました。
(Ceol_Luceさん)